DANS LA MÊME COLLECTION

Didier-Georges Gabily, *L'Au-Delà*.
Malika Wagner, *Terminus nord*.
Jean-Pierre Thibaudat, *l'Orson*.
Gérard Noiret, *Chroniques d'inquiétude*.
Philippe de la Genardière, *Morbidezza*.
Catherine Chauchat, *Little Italy*.
Tassadit Imache, *Le Dromadaire de Bonaparte*.
Jean-Paul Goux, *La Commémoration*.
Ying Chen, *L'Ingratitude*.
François Poirié, *Rire le cœur*.
Christophe Donner, *L'Edifice de la rupture*.
Marc Weitzmann, *Enquête*.
Philippe de la Genardière, *Gazo*.
Virginie Lou, *Eloge de la lumière au temps des dinosaures*.

«GÉNÉRATIONS»
Textes français du temps présent
Une collection conçue par
Marie-Catherine Vacher et Bertrand Py

Ouvrage édité sous la direction
de Marie-Catherine Vacher

© Photographie Laurent Gueneau.

EN ATTENDANT ISABELLE

DU MÊME AUTEUR

TERMINUS NORD, Actes Sud, 1992.

© ACTES SUD, 1998
ISBN 2-7427-1548-7

Illustration de couverture :
Stock Image, Paris, 1997

Malika Wagner

EN ATTENDANT ISABELLE

nouvelles

Toute ma gratitude
à Jean-Jacques M. et Françoise D.

And miles to go before we sleep…

To Peter.

LE CHAT

— Regarde, on arrive !

L'homme montra du doigt le petit port, tapi dans sa baie, qui grossissait de minute en minute, le clocher de l'église, d'abord imperceptible, puis de plus en plus net, ainsi que la silhouette des pêcheurs et celle des clients des cafés attablés sous les bannes rouges et vertes des terrasses pour l'apéritif du soir.

— Viens, dit l'homme.

Ils sortirent les bagages et se préparèrent à débarquer. L'aéroglisseur replia ses pattes et perdit de sa hauteur. Le bruit du moteur se calma et ils entrèrent silencieusement dans le port.

L'homme descendit le premier en sautant sur le quai. Un employé aida la femme à franchir le vide qui séparait la passerelle de la jetée en béton, puis la laissa avec ses bagages.

— Je vais chercher un âne, cria l'homme par-dessus la tête des touristes qui sortaient pêle-mêle de l'aéroglisseur.

Elle s'assit sur sa valise, et comme il faisait trop chaud, ôta sa veste. La blancheur de ses bras éclatait dans la lumière dorée. Pourtant, le matin même, à Paris, elle s'était trouvé bonne mine. L'homme revint, suivi d'un âne et de son propriétaire qui se chargea de placer les bagages sur l'animal.

— Nous avons besoin d'un bon petit bronzage, dit la femme en marchant aux côtés de leur chargement.

Son mari opina silencieusement.

Ils trottinèrent à la suite de l'âne dont les sabots résonnaient sur les pavés de ruelles minuscules qui semblaient à grand-peine contenir son arrière-train imposant. L'ânier était à l'avant et tirait l'animal. Ils grimpèrent les ruelles escarpées du village. Les pentes étaient raides. Ils respiraient avec difficulté bien qu'ils fussent encore jeunes tous les deux et en bonne santé, leurs halètements épousaient le rythme régulier des sabots et le silence tranquille des rues. Lorsqu'ils atteignirent l'hôtel ils étaient complètement essoufflés. L'homme s'essuya le front du revers de la main et sortit son portefeuille tandis que l'ânier réclamait son dû en anglais.

— Merde, dit l'homme, j'aurais dû fixer le prix avant de partir.

La femme assista sans rien dire à la transaction, puis, ensemble, ils débarrassèrent l'âne de leurs affaires et gagnèrent l'hôtel.

Comme les années précédentes, ils eurent la chambre 18, une grande pièce blanche qui donnait sur le jardin que la femme inspecta en se penchant par la fenêtre. La même végétation désordonnée étalait ses tentacules, ponctuée de géraniums rouges élégamment plantés dans des pots de terre cuite et autour desquels rôdaient les inévitables chats à la recherche de leur pitance du soir.

Il se pencha à son tour, respira profondément.

— Ah, fit-il, maintenant le repos !

Il repoussa la femme vers l'intérieur et ferma les volets bleus mais la pièce ne s'obscurcit pas tout à fait car la lumière se faufilait au travers des planches disjointes des volets.

— Quel voyage ! dit-elle en ôtant ses chaussures et son pantalon.

— Je suis crevé, répondit-il.

Ils s'allongèrent sur le lit et contemplèrent le beau mobilier ancien de style anglais, le tapis sur le parquet magnifique. Le service était discret et compétent dans cet hôtel où le personnel savait réellement s'effacer pour que les clients se sentent chez eux.

— Je suis crevé, répéta l'homme.

Ils s'endormirent jusqu'au dîner dans un silence luxueux, entrecoupé du miaulement plaintif des chats.

Ils venaient depuis plusieurs années dans l'île, toujours à la même époque : la fin du printemps, avant la grande affluence touristique des congés scolaires. Un ami leur avait recommandé l'endroit, en insistant sur le fait qu'aucune voiture ne pouvait y circuler. "C'est le calme parfait", avait dit l'ami, un jeune médecin qui avait du goût.

Ils lui avaient fait confiance.

Maintenant, pour la troisième fois, ils avaient débarqué dans le petit port. Des habitués en somme. Ils arrivaient chaque fois en fin d'après-midi, quand la lumière atteint son point maximum de subtilité, caressant à la fois les toits ocrés des petites maisons, les cimes des collines, sans oublier les cheveux d'un vieillard assis devant sa porte, les yeux, soudain étincelants, d'une femme ou d'un homme attablé à une terrasse. Ils aimaient cette joie semi-crépusculaire, s'arrangeaient pour arriver chaque fois à ce moment précis afin d'être sûrs que la lumière les accueillerait comme ils le souhaitaient, mais sitôt à terre, ils prenaient conscience de leur fatigue et délaissant le spectacle magique qu'ils avaient ruminé pendant des mois, se précipitaient à l'hôtel pour dormir, comme des enfants gâtés qui savent que leur bonheur et leurs caprices se poursuivront le lendemain.

Lorsqu'ils se réveillèrent, ils avaient la bouche pâteuse à cause du sommeil auquel ils s'étaient abandonnés à une heure inhabituelle pour eux. Ils allèrent dans la salle de bains se laver les dents, puis se firent apporter des bières, qu'ils burent assis autour du guéridon anglais. La bière était fraîche. Ils avaient laissé les volets fermés et buvaient dans la pénombre, à petites gorgées. Ils ne s'étaient pas rhabillés. Leurs vêtements de voyage étaient jetés dans un coin, comme les ruines de leur vie fatigante. Leurs jambes pâles se touchèrent et la femme demanda où ils mangeraient le soir. Il dit qu'il ne savait pas, et but une autre gorgée. Ils fumèrent en silence.
— Allons chez Maria, dit finalement l'homme en se relevant brusquement. Je vais prendre une douche.
Lorsqu'ils sortirent de l'hôtel, lui rasé de près, elle maquillée, ils se prirent la main et marchèrent dans les rues grouillantes et parfumées de la fin du printemps. Ils longèrent

des tavernes où les vieux assis fumaient, des cuistots, torchon sur l'épaule, apportaient des plats à des familles de touristes en leur demandant dans leur langue si tout leur convenait. L'homme dit qu'il se serait bien arrêté quelque part siroter un ouzo, mais sa femme avait faim. Ils passèrent devant des bijouteries, des kiosques à journaux et des boutiques de souvenirs où s'aventuraient des vacanciers du monde entier. Toute cette activité commerciale était loin d'être déplaisante, au contraire. Ici, elle avait la saveur de la liberté, du choix, elle faisait partie d'un paysage créé exprès pour que personne ne se sente lésé, et d'où chacun sortirait gagnant. L'île nourrissait tout le monde. De partout montaient des odeurs de grillades, de fruits de mer, de légumes. L'homme serra plus fort la main de sa femme.

En les voyant entrer, la patronne du restaurant abandonna un instant la table où elle prenait les commandes pour venir les saluer. Elle leur demanda le temps qu'il faisait à Paris et leur annonça qu'ici le printemps était cette année exceptionnel. Elle avait dit la même chose les années précédentes. Mais qu'importe, elle faisait seulement son travail.

Ils s'installèrent à une table sous la tonnelle.

— Un coin tranquille comme vous aimez, leur dit Maria qui vint leur allumer une bougie.

Elle avait des gestes précis et lents. C'était aussi une femme élégante dont les vêtements bien coupés n'auraient pas déparé à une terrasse parisienne.

L'homme commanda des hors-d'œuvre et du retsina.

— Tu es sûr ? demanda la femme, le retsina, ça tape dur.

Il sourit. Demain ils n'avaient pas besoin de se lever tôt, ni le jour suivant, ni même celui d'après. Il riait maintenant et sa gaieté s'accentua lorsqu'il vit arriver le vin. Ils burent et mangèrent les salades. Le restaurant était plein maintenant, d'autres convives arrivaient que Maria cherchait à caser. Elle s'adressa à l'homme, lui demanda s'il pouvait, ce soir, sacrifier un peu de sa tranquillité afin qu'elle installe une table à côté de la leur. Il lui répondit qu'il n'y voyait aucun inconvénient en jetant un coup d'œil sur le couple qui se dirigeait vers eux et dans lequel il reconnut sans hésiter des Français à leur allure décontractée mais empreinte de cette coquetterie particulière aux Français, cette façon de combiner une chemisette de couleur vive, jaune ou rouge, bien repassée, avec un pull noué autour du cou en toute nonchalance pour marquer qu'ils sont en congé. La femme, une blonde probablement fausse, aux joues rondes, portait un short, mais ses yeux étaient maquillés et ses ongles vernis. Le couple s'installa en s'excusant, ils ne voulaient pas déranger. Comme pour mieux s'excuser, ou simplement par cordialité naturelle, ils entamèrent la conversation et demandèrent à leurs voisins s'ils connaissaient l'île.

— Nous venons depuis trois ans, répliqua l'homme.

— A cause du calme ? lui demanda son interlocuteur.

— Oui, à cause du calme.

— Ah ça ! quand il n'y a pas de voitures quelque part, ce n'est plus pareil.

Le couple leur raconta qu'ils travaillaient tous les deux dans une banque, mais pas la même. Elle était responsable d'une petite agence et lui informaticien au siège de la BNP.

— On vient ici se relaxer, vous comprenez. C'est mieux en dehors des congés scolaires, il n'y a pas la foule.

A ce moment-là, Maria revint et leur demanda s'ils avaient choisi. Ils n'avaient pas choisi et commencèrent à étudier le menu en adressant à leurs voisins un sourire de politesse. Les deux couples se replièrent ensuite sur leur intimité. Un regard, un signe de tête glissaient parfois d'une table vers l'autre, mais le mur du chacun-chez-soi protégeait efficacement la tranquillité des deux camps.

Ils mangèrent et burent sous cette tonnelle où vivaient des insectes – mouches, moustiques, scarabées, coccinelles – qui tombaient dans les verres. Ils avaient assez bu pour se moquer de savoir si, dans leur vin, il y avait en plus "de la viande gratuite", expression qu'ils tenaient de la concierge de leur immeuble parisien avec laquelle ils discutaient de temps en temps. Mais tout ça était loin. L'homme ferma les yeux, la tête lui tournait et dans ce tournoiement se mêlaient les accords stylisés du jazz qui sortaient de baffles dissimulés sous des arbustes. Nourriture copieuse et simple, musique américaine, voilà la meilleure des combinaisons. Il sourit et rouvrit les yeux. Sa femme le regardait, la tête posée entre les mains, un regard sérieux, un peu austère, mais dont, depuis longtemps, il avait appris à deviner l'émotion.

— On rentre ?

Elle acquiesça. Il se leva le premier et l'aida à s'extraire de sa chaise, coincée entre le mur et la table. Ils souhaitèrent bonsoir à leurs voisins ainsi qu'à Maria qui les raccompagna jusqu'au seuil.

— Je vous attends pour demain ?
— Bien sûr, répondit l'homme.

Maria leur fit un grand sourire en révélant sur sa mâchoire supérieure des dents manquantes qui gâchaient l'élégance cosmopolite de ses vêtements. C'est à ce genre de détails, pensa l'homme, qu'on se rend compte que l'Europe est loin d'être unifiée. Il se remémora les dents impeccables des femmes qu'il avait connues. Ah, soupira-t-il intérieurement, dommage que Maria n'ait pas le sens de certaines priorités.

La nuit était fraîche. Ils longèrent la mer en se tenant par la main. Il aurait voulu dire une phrase poétique sur le ressac et ce genre de choses, mais il ne trouva rien, et continua de marcher.

En poussant le portail de l'hôtel, ils virent de la lumière à la réception mais le jardin était désert. Ils avaient hâte de rejoindre les draps raides de leur grand lit. Tout à coup, ils butèrent sur quelque chose, ou plutôt quelque chose leur glissa entre les jambes, une masse noire qui s'éclipsa aussitôt dans l'obscurité.

— C'est un rat ! s'exclama la femme en se serrant contre son mari.
— Mais non ! fit l'homme en riant. Avec tous ces matous affamés dans les parages, les rats n'ont aucune chance ici.
— Tu en es certain ? dit-elle sans lâcher son bras.
— Absolument, c'est toi, la grosse bête ! conclut-il.

Ils se levèrent tard et descendirent presque aussitôt dans le jardin prendre le petit-déjeuner. Leur allure dépenaillée contrastait avec celle, déjà douchée et fringante, des autres clients qui leur adressèrent un bonjour discret. On leur apporta du café et des tartines, des pâtisseries, du jus d'orange sur un grand plateau argenté. L'homme se mit immédiatement à manger, tandis qu'en face de lui sa femme picorait de-ci de-là, en contemplant l'opulence du plateau où des pâtisseries, des petits pains et des confitures se déployaient autour d'une cafetière en inox. Une horde de chats tigrés tournaient en miaulant au pied de la table. L'homme les chassa d'un semblant de coup de pied et ils se rabattirent sur la table voisine occupée par des Anglais en short et chaussures de marche, tenue d'expédition, comme si l'île avait été remplie de pics inabordables et de trésors secrets dont la découverte nécessitait un costume spécial.

— On va à la plage ? demanda la femme.

Il désirait auparavant passer au marché pour acheter des fruits et voir. Elle répondit qu'ils iraient voir. Ses yeux étaient dorés dans la lumière du matin, comme il aimait, il attendait que ce regard se pose sur lui mais il était attiré au-delà de lui, dans un coin du jardin. Il se retourna.

— Tu avais raison, dit-elle, ce n'était pas un rat.

Un chaton noir comme du charbon était assis sur sa queue au milieu de la cour.

— Tu vois bien, dit-il.

Le chaton se lécha les pattes de devant en titubant. Il semblait faible, ses yeux se fermaient comme pour dormir, ses pattes tremblaient sous le poids de son corps. L'un des chats tigrés se jeta sur lui. Le chaton s'enfuit aussi vite qu'il put vers un coin du jardin. Son agresseur l'observa haineusement. Le tigré, qui était une tigresse, rejoignit ensuite son territoire où cinq chatons, plus petits que le noir, l'attendaient en miaulant. La tigresse les installa sous ses tétines d'un geste compétent.

— *Nasty this one !* dit une dame en arrêtant de boire son café pour mieux contempler la femelle.

Le chaton noir avait entre-temps repris son attente fébrile sous le soleil.

— Je vais prendre une douche, dit l'homme.
— Bonne idée, j'irai après.
Il se leva.

Elle demeura devant le plateau défait qui commençait à chauffer sous le soleil. Elle aussi d'ailleurs. Maladroitement, elle essaya d'ouvrir le parasol.

— Permettez, lui dit un employé de l'hôtel en empoignant le manche d'une main ferme.

Immobile sous le parasol, elle contempla les restes du petit-déjeuner et la végétation désordonnée du jardin où le minuscule chat s'était réfugié.

Ils arpentèrent en fin de matinée les étroites ruelles où devant chaque échoppe les commerçants attendaient, assis sur une chaise, certains les mains simplement croisées sur les cuisses, d'autres guettant les passants d'un air sympathique. L'animation habituelle régnait au marché, ce qui dans l'île se résumait à un remous légèrement bouillonnant mais sans désordre. Les gens allaient, sans cri, sans heurt, d'un étalage à l'autre. Sachant depuis toujours où était leur place, ils laissaient aux touristes la leur. Ils les observaient avec curiosité quand ils demandaient à photographier untel ou untel à cause de sa moustache tombante, de son œil charbonneux devant ses tomates rouges. Les habitants de l'île souriaient devant l'objectif. Sur le port, ils avaient vu des portraits de leurs vieux et de leurs vieilles assis devant leur maison, flanqués d'un chat pour la compagnie. Ils en riaient. Pourtant, ils respectaient les vieux, mais ils ne comprenaient pas qu'un homme en costume de gabardine eût envie d'emmener pareille photo chez lui, encore moins qu'il l'envoyât à sa famille.

L'homme acheta des tomates, des oranges et du pain qu'il choisit très blanc parmi ceux que le boulanger avait disposés autour de son fournil.

— On va se baigner ? demanda sa femme.
— Oui, il est déjà plus de midi.
— Et alors ? dit-elle en riant.
— Alors rien, tu as raison.

L'habitude du temps, il avait du mal à s'en défaire. Il ne fallait pas d'ailleurs, pas complètement. Car il y aurait un retour. Le retour prévu faisait partie du plaisir d'être ici, il en était même la condition, sans cela, le ciel n'aurait pas eu le même azur. Etc., se dit-il, combien d'autres avant moi ont pensé ces banalités ?

Un bateau en provenance de la capitale déversa sur le port une armée de lycéens et de lycéennes venus en visite pour la journée.

Les jeunes gens se trimballaient en groupes, chemises, blousons, tee-shirts noués autour des reins par-dessus leurs jeans sombres, un vrai piège à chaleur sous le soleil dur. Mais aucun n'avait l'air d'en souffrir. Ils parlaient fort et gesticulaient apparemment sans ressentir d'inconfort, à l'aise dans la lourdeur du jean, comme les vieilles en vêtement de deuil sur le pas des maisons. Le short, les tissus légers, semblaient l'apanage des étrangers. Pour ce qui est de la musique toutefois, ils n'étaient pas en reste. Plusieurs garçons portaient sur l'épaule de grosses radiocassettes. Des morceaux de rap surgissaient des haut-parleurs et crépitaient sur les murs des petites rues du bord de mer. Le bruit envahissait le village tout entier et gagnait les collines.

— Ben, mon vieux ! dit le gars de la BNP qui était descendu sur le port avec sa femme.

— Oui, répondit l'homme, en criant presque, j'avais oublié de vous prévenir hier soir.

— Ça va durer longtemps ? demanda l'homme de la BNP.

— Quelques heures, ils visitent, puis ils rentrent chez eux par le bateau de trois heures.

— Ça arrive souvent ?

— Deux fois par jour en fin de semaine.

— Ah, fit l'homme de la BNP.

Lui et sa femme mirent leur main en visière pour observer les jeunes. La femme portait un couffin en paille avec des provisions dedans et une bouteille de vin.

— Vous allez pique-niquer ?

Ils acquiescèrent.

Le bruit s'arrêta brusquement.

Les lycéens changeaient de cassette.

— Bon, alors à plus tard, dit l'homme de la BNP.

Ils s'éloignèrent, la main toujours en visière au-dessus des yeux comme s'ils cherchaient, à des kilomètres à la ronde, la route qu'ils devaient prendre.

— Tu vois, dit l'homme à sa femme en les regardant, je ne crois pas qu'ils reviendront ici.

— Pourquoi ? demanda la femme.

— Je ne crois pas qu'ils sont faits pour. Elle rit.

— Ce que tu peux être prétentieux !

La route sinueuse longeait la mer à flanc de colline. Le sol était brûlant et des cailloux s'insinuaient dans leurs espadrilles. Ils marchaient lentement, abrités sous leur chapeau de paille. Le silence était d'une lourdeur accablante comme le soleil.

Ils arrivèrent à une crique couverte de galets et posèrent les serviettes sur le sol après avoir enlevé quelques-unes des pierres qui les auraient meurtris.

Le premier contact avec l'eau leur coupa le souffle tant elle était froide. Ils nagèrent vite, puis encore plus vite, car le froid se cramponnait comme une pieuvre. Mais au bout de quelques minutes, ils se sentirent bien.

— Elle est bonne, dit la femme.

— Presque, dit le mari.

Ils nagèrent côte à côte d'un bout à l'autre de la crique.

La réceptionniste discutait dans un coin du jardin avec une dame aux cheveux argentés et à l'air sévère lorsqu'ils rentrèrent à l'hôtel en fin d'après-midi. Elles parlaient dans la langue incompréhensible du pays. Sans oser interrompre la conversation, ils s'assirent dans le jardin en attendant de pouvoir demander la clef de leur chambre que la réceptionniste gardait dans un tiroir et non sur un tableau comme c'est l'usage.

Ils étaient fourbus.

— Tu as attrapé un coup de soleil.

— Toi aussi.

Tout à coup, elle remarqua le chaton tout noir qu'ils avaient vu le matin.

Le chat se tenait à nouveau sous le soleil écrasant de l'après-midi, sans chercher à se protéger, comme par défi.

— Il est idiot, dit la femme.

Elle s'approcha de la bête qui l'attendit et soutint son regard, mais ses pattes malingres chancelaient, son corps minuscule et ballonné tremblait légèrement.

— Ce chat est malade, dit la femme.

L'homme s'était approché.

— Cette chatte, précisa-t-il, après lui avoir soulevé la queue.

La chatte n'avait pas réagi.

— C'est donc une fille ? dit la femme pensivement.

— Elle s'est peut-être cassé une patte énonça l'homme, qui commença à l'examiner.

La chatte se laissait faire.

— Ou bien c'est la grosse tigresse qui l'aura blessée, dit la femme.

— Quelle tigresse ? demanda l'homme occupé à palper le chaton.

— La chatte qui a des petits, elle est jalouse.

— Ah, dit l'homme. Je me disais aussi… Mais elle n'est pas grosse, il n'existe pas de gros chat dans cette île.

— C'est vrai.

— Je ne vois rien, dit l'homme en remettant le chat sur ses pattes. En tout cas, ni fracture ni blessure.

Ils se rassirent à une table du jardin.

Entre-temps, la réceptionniste, qui avait terminé sa conversation avec la dame aux cheveux argentés, s'approcha et fit mine de chasser la chatte du pied. Elle leur tendit la clef en souriant avant de retourner à ses affaires.

— On y va ? demanda l'homme.

Mais sa femme observait à nouveau la chatte.

— Elle est stupide, répéta-t-elle, elle va attraper une insolation.

La femme se leva, attrapa la petite chatte qu'elle déposa sous une chaise. Mais, comme le soleil l'atteignait encore, elle lui confectionna à l'aide de quelques serviettes en papier qu'elle trouva sur une table, une sorte de rideau dont elle juponna la chaise.

Sa besogne accomplie, elle retourna s'asseoir près de son mari.

Au bout de quelques instants le rideau de papier s'agita et la petite chatte passa sa tête sur le côté avant de sortir de son abri pour se remettre en plein soleil où elle continua de trembler.

— Elle est vraiment stupide, dit la femme.

— Elle a peut-être faim ?

— Attends, il reste un berlingot de lait de ce matin dans le sac.

L'homme versa le lait dans un cendrier propre et le déposa devant la chatte qui se mit à lamper frénétiquement.

— C'est ça, dit-il, elle meurt de faim.

Ils la regardèrent lamper le lait jusqu'à la dernière goutte et lui en versèrent une autre ration qu'elle avala tout aussi goulûment. Après quoi, elle partit s'allonger sous un arbre.

— Au fond, c'était simple, dit la femme, elle avait faim.

Cette fois, pour faire la sieste, ils se déshabillèrent entièrement. Les volets étaient toujours fermés, les chats miaulaient. L'homme et la femme s'endormirent, emmêlés dans les draps blancs et rugueux.

Plus tard, ils se firent servir un dîner dans leur chambre qu'ils arrosèrent de retsina. Puis ils feuilletèrent des magazines dans leur lit, jusqu'à ce qu'ils leur tombent des mains.

— Tu dors ?

— Je crois, marmonna-t-il. Je suis tellement reposé que je dormirais bien encore une dizaine d'heures.

Sur ce, il s'endormit.

Elle alla s'accouder à la fenêtre. Le ciel, le jardin, la nuit, le vent léger, elle se serait crue dans un film hollywoodien, avec elle en héroïne au cœur d'une nuit parfumée d'où sortirait la trame d'une histoire romanesque. Mais, de cette nuit, il ne sortirait rien que le remous de la ville, derrière les murs de l'hôtel, où des touristes arpentaient les antiques pavés à la recherche de colifichets et de souvenirs. Il ne sortirait rien de cette nuit hormis le frisson qu'elle faisait naître, un désir vague, semblable aux émois que suscite le cinéma chez certains spectateurs trop sensibles qui croient y reconnaître leur destin.

Et pourtant elle restait à cette fenêtre, l'œil aux aguets, l'oreille tendue.

Ce qui viendrait demain, tout le monde pouvait le prévoir, ce serait encore différent cependant, une minuscule différence qui en ferait le prix. Demain, se disait la femme, je serai moi-même, comme je l'ai été aujourd'hui, et nous irons nager. Cette certitude lui donnait de la force. Elle pensa aux petits-déjeuners copieux, au plateau argenté et à la mer, toute froide dans les criques.

Et le lendemain survint exactement comme prévu. Après le petit-déjeuner, ils décidèrent de visiter le monastère qui surplombait l'une des collines. Il fallait partir avant midi, après il ferait trop chaud. La femme vérifia qu'elle avait son maillot de bain et sa serviette dans son sac.

Ils allaient franchir le seuil de l'hôtel, lorsqu'un bruit furieux les arrêta. Des miaulements de rage et de douleur ponctués de râles s'élevaient des buissons du jardin qui frémissaient au-dessus du remue-ménage, mais impossible d'y voir quoi que ce soit. La femme s'approcha. Elle aperçut la petite chatte noire qui fuyait, poursuivie par la mère de famille.

— C'est encore cette tigresse, dit-elle.

— Laisse, dit l'homme, elle surveille son territoire.

— Tu parles !

Elle marcha vers les buissons qu'elle écarta d'un geste brutal pour y découvrir la tigresse à l'affût, guettant son ennemie réfugiée dans une sorte de trou comme une taupe.

— Fous-moi le camp ! dit la femme. Allez ouste !

Mais la tigresse la regardait, impassible, en plissant les yeux, sûre de son droit. La femme tapa du pied. La tigresse recula légèrement, puis, dédaigneusement, se mit à regarder ailleurs.

— Fous-moi le camp ! répéta la femme, en tremblant de fureur.

Elle la poussa du pied. La tigresse lui jeta un regard mauvais et s'enfuit.

— Qu'est-ce qui te prend ? demanda l'homme.

— Je ne sais pas, elle m'énerve.

Encore sous le coup de sa fureur, elle s'approcha du trou où s'était réfugié le chaton.

— Et toi, imbécile, tu la cherches ou quoi ?

Tapie dans son trou, la petite chatte noire l'observait.

La femme la regarda en essuyant ses mains moites sur sa chemisette.

— Oui, tu la cherches, hein ?

Puis, elle s'agenouilla et lui caressa la tête.

— Laisse-la ici, dit l'homme, au moins elle est en sécurité.

— Tu as raison.

Elle continuait de caresser la tête de la chatte noire.

— Il fait déjà chaud, il faut qu'on y aille.

Il l'attendit sur le seuil de l'hôtel où il vit passer les âniers et leurs bêtes qui transportaient vers les hauteurs du village leurs cargaisons de bagages, suivis des touristes qui haletaient derrière le bourricot.

L'homme aurait bien allumé une cigarette. Il se demanda pourquoi. D'habitude il ne fumait jamais dans la journée car il n'en éprouvait pas l'envie.

— C'est ici, expliqua le pope dans un français impeccable, que furent enterrés les fondateurs de notre monastère.

Les têtes se tournèrent en direction des tombeaux de pierre blanche devant lesquels deux vieilles femmes agenouillées se signaient.

— Par ici, messieurs-dames.

La visite se poursuivit à l'intérieur d'une bâtisse austère et rugueuse où alternaient la lumière éclatante et la pénombre. Les hautes portes en bois sombres, les plafonds élégants dénotaient toutefois une certaine prospérité ainsi que la proportion parfaite des pièces d'habitation où résidaient les hommes de Dieu. Hormis ces caractéristiques, l'endroit n'avait rien de particulier si ce n'est son charme tranquille et sa fraîcheur.

Ils s'y reposèrent avant de reprendre leur route vers la crique.

— Tu vois, dit-elle, au fond, ça ne sert à rien ce genre de visite.

— Pourquoi donc ?

— Parce que ce n'est qu'un lieu comme d'autres. Qui ne signifie rien pour nous.

— Pourtant, c'est mieux de le connaître. Au moins pour le connaître.

— Hum, fit-elle.

Ils redescendirent la colline l'un derrière l'autre car le chemin était étroit. Leurs chapeaux de paille ne les protégeaient pas de la chaleur étouffante. Au bas de la colline la mer s'étendait. Ils hâtèrent le pas en butant sur des cailloux et ils croisèrent un homme qui venait en sens inverse. L'homme était sec et noir comme son âne. Bien qu'il grimpât une pente raide, il n'avait pas l'air essoufflé et ne transpirait pas. Sans les saluer, il poussa son animal pour leur laisser de la place sur le chemin.

— Dans quelques jours, dit la femme, on sera rentrés chez nous.

— On vient d'arriver, dit-il en riant.

— Le temps passe vite.

Elle s'arrêta au bord du chemin et ramassa quelques cailloux qu'elle jeta vers la mer.

— Tu crois qu'elle mange assez ? demanda-t-elle en ramassant un autre caillou.

— Qui ça ?

— La chatte.

— Je ne sais pas. En tout cas, elle survit.

— C'est vrai, elle survit.

— Tu me fais rire.

— Pourquoi ?

— Je trouve que toi en Mère Térésa des chats, c'est bizarre.

— Je ne suis pas la Mère Térésa des chats, il y a juste des choses qui m'énervent.

Elle jeta son caillou.

Ils reprirent leur chemin jusqu'à la crique.

A partir de ce moment, l'homme sut qu'en effet les jours passeraient très rapidement. Il eut même l'impression que le séjour était déjà fini, fermé sur lui-même comme une boucle immuable. Il se demanda pourquoi il pensait ce genre de choses, c'était bien la meilleure façon de se gâcher les vacances. Puis l'image de la boucle lui revint en mémoire, et, à nouveau, il sut que le séjour était fini.

Au fil des jours, l'eau de la crique leur parut moins froide, ils ne sentaient plus cet éreintement brutal qu'ils éprouvaient au début en se jetant dans les vagues. Ils avaient bronzé et mangeaient souvent chez Maria où ils ne revirent jamais le couple de la BNP. A l'hôtel, ils passaient leur temps à s'occuper du chat.

L'homme s'en était d'abord amusé. Maintenant, il ne savait que dire. Un soir qu'il rentraient de dîner, ils avaient vu la chatte franchir le grand portail pour courir dehors.

La femme l'avait poursuivie et avait eu du mal à l'attraper. Sous ses doigts, elle avait senti les os de la petite bête, son squelette miniature et son cœur au centre, qui cognait.

L'homme s'était approché.

— Elle veut aller avec les autres, dit-il, en lui montrant le port.

— Mendier aux terrasses, dit la femme.

— Il faut qu'elle apprenne.

— Elle est trop petite, tu vois bien comme elle est petite.

L'homme soupira.

— On n'a rien à lui donner à manger, dit-il.

— Je sais.

Le port était tout illuminé. Ils entendaient le bruit lointain mais pourtant distinct des couteaux et des fourchettes qui s'activaient parmi les carafes, les géraniums posés sur les tables, les serviettes à carreaux.

— Il y a une épicerie ouverte pas loin, dit-il, j'y vais.

En l'attendant, la femme s'assit par terre contre un mur où poussaient des glycines. Elle replia ses jambes et garda la chatte qui gigotait et miaulait, enfermée entre ses mains. La femme la caressa et lui promit de la nourriture. Mais l'animal, intenable, se mit à mordre et à griffer avant de s'échapper vers la rue et de disparaître dans le noir.

La femme se leva d'un bond pour courir derrière, son cœur battait, elle fouilla des yeux l'obscurité, s'élança au hasard et soudain renonça. Elle se rassit contre le mur, les genoux sur sa poitrine.

Elle se demandait où la chatte était allée et s'en voulait de ne pas avoir su la retenir quand dans la ruelle un âne surgit dont les sabots résonnèrent dans le silence. Il avançait d'un pas allègre, son solide derrière balançait à gauche et à droite sur ses pattes pelées et graciles. Aucun ânier ne l'accompagnait. Il s'arrêta devant le mur où la femme était assise et la regarda. Elle eut un mouvement apeuré. Mais comme tous les ânes il était paisible, il la regarda encore, dans l'obscurité ses yeux brillaient et son souffle sentait la terre. Lorsqu'il en eut assez, il reprit sa route tout aussi allègrement en faisant sonner ses sabots contre les pierres.

Que faisait-il seul dans les rues en pleine nuit ? La femme trouvait presque irréel qu'il se fût arrêté pour l'approcher, la flairer, comme s'il la connaissait. Elle en était là de ses pensées quand, du même chemin, surgit un chien, celui-ci sans collier, qui arrivait guilleret en remuant la queue. Il lui tourna autour et lui lécha la main en attendant apparemment qu'elle se lève pour le suivre. Mais elle restait pétrifiée. Il reprit son manège, puis, découragé, lui tourna le dos et disparut à son tour.

Seule sous son mur dans le silence épais – il n'y avait pas de réverbère à cet endroit de la chaussée et il y faisait très sombre –, elle se mit à pleurer. Autrefois, elle avait possédé un petit chat tigré que son père avait un soir balancé par la fenêtre de la cuisine parce qu'il faisait trop de saletés. Le chat, elle ne l'avait jamais revu. Et alors ? se disait-elle, il lui paraissait dérisoire et un peu abject de rechercher comme origine à son émotion ce lointain souvenir de gosse, tout le monde a éprouvé ces choses-là. Alors pourquoi ? Dans sa tête, les idées et les phrases devinrent pâteuses et aucune réponse ne vint. Je deviens cinglée, résuma-t-elle.

L'homme revint avec une carafe de lait et un pot de crème. Elle l'appela dans l'obscurité.

— Qu'est-ce que tu fais ici ? demanda-t-il stupéfait.

— Je t'attendais, le chat s'est sauvé.

— Où ça ? demanda-t-il en regardant autour de lui.

— Peut-être au port.

Elle se leva et ils rentrèrent dans l'hôtel.

Quand ils furent dans la chambre il lui demanda pourquoi elle avait pleuré.

Elle répondit qu'elle n'avait pas pleuré. Il partit se brosser les dents dans la salle de bains. Elle était accoudée à la fenêtre lorsqu'il revint.

— Tu sais, dit-il, peut-être qu'on devrait penser à avoir des enfants ?

Elle restait accoudée à la fenêtre.

— Tu ne réponds pas ?

Elle se retourna légèrement.

— Ce n'est pas une histoire de gosse.

— C'est pourtant la première chose qui vient à l'esprit quand on te voit agir.

— Ce n'est pas ça.
— Alors ?
— Alors, je n'en sais rien.

Ils n'en reparlèrent plus. L'homme attendait seulement qu'ils s'en aillent. Il se disait que l'année prochaine il leur faudrait trouver un autre coin pour les vacances. Celui-là, ils en avaient fait le tour.

Les jours passaient trop lentement à son gré. Il avait tout le temps chaud et ne digérait plus la cuisine locale trop riche pour son estomac. Et puis il y avait la chatte. Le lendemain de sa fugue, ils l'avaient trouvée nichée sur les genoux d'une Américaine de l'hôtel. Elle dormait.

— Cette chatte a beaucoup de succès, avait dit l'homme, elle est maligne.

— Elle a raison, avait répondu la femme.

En s'arrêtant pour regarder la chatte endormie, elle avait dévisagé l'Américaine, une brune frisée et sans maquillage.

Un peu plus tard, lorsque l'Américaine était montée se coucher, elle avait appelé la chatte qui aussitôt avait couru vers elle à travers le jardin obscur.

Elle envisagea sérieusement de l'emmener à Paris. De braver la douane et le personnel de l'avion en la cachant dans un sac avec des trous pour qu'elle puisse respirer. Puis elle l'imagina vivre dans leur appartement parisien, au cinquième étage, dans cette rue pleine de voitures, sans un arbre à l'horizon. Et il faudrait la faire opérer. Elle deviendrait grosse, à s'étirer sans but dans l'appartement.

Tandis qu'ici elle resterait maigre à en crever. Entre la servitude et la mort, cette chatte n'avait pas beaucoup le choix.

Le jour du départ, à l'aéroport, il lui semblait quitter une terre d'amitié alors qu'elle n'y connaissait personne. Elle regrettait déjà ce ciel où, naïvement, des touristes du monde entier viennent en pèlerinage chercher les traces depuis longtemps effacées d'une histoire qui n'est celle de personne, où les yeux se fatiguent sur des monuments usés par les regards innombrables de ceux qui sont passés avant et qui ont tout pris.

Elle boucla sa ceinture de sécurité. A côté d'elle son mari lisait.

Dans quelques instants, ils seraient en plein ciel. Tout à coup, elle tourna la tête, les sens douloureusement en éveil. Elle croyait respirer à nouveau l'odeur du petit chat. Elle regarda autour d'elle, ne vit rien. L'odeur flottait toujours dans la cabine pressurisée, mais bien vite elle comprit que ce n'était que l'odeur de ses cheveux.

LE BUFFET

— Vous avez de quoi l'arrimer ? demanda le brocanteur.

Thomas sortit des tendeurs bleu et vert de la boîte à gants.

— Vous ne comptez pas vous servir de ça, j'espère ?

— Pourquoi pas ?

— Parce que ça ne tiendra pas, voilà pourquoi.

— Vous croyez ?

— Ce que j'en disais, c'est dans votre intérêt. Ça ne tiendra pas, un point c'est tout.

Il rentra dans sa boutique, un antre peuplé de têtes de lits et d'armoires à glace, de meubles endeuillés en quête de nouveaux propriétaires, et fureta dans un buffet auquel manquaient des tiroirs, pour en sortir une corde brune.

— Voilà, dit-il en revenant vers Thomas, ce que j'appelle du matériel, seulement, promettez que vous me la ramènerez.

Thomas regarda sa femme. Ils jurèrent qu'ils n'étaient pas du genre à oublier. Le brocanteur fit un sourire plus large :

— Toute façon, je vous fais confiance.

Les deux hommes hissèrent le buffet sur le toit de la petite voiture rouge qui avait l'air écrasée sous la charge.

Ils nouèrent solidement la corde autour.

— Ça ira, dit le brocanteur, mais faites attention.

*

Ils mirent de la musique. Ils roulaient précautionneusement.

— Imagine si le toit s'écroule, hein ?
— Il ne s'écroulera pas, dit Thomas.
— On ne sait jamais.

Au début, c'est à peine s'il osa tourner le volant, puis il s'enhardit.

— Il est peut-être lourd, mais il est bien, ce buffet, dit Thomas.
— En plus on ne l'a pas payé trop cher, répondit Bianca.

C'était elle qui l'avait repéré dans un coin mal éclairé et poussiéreux. En dépit de ces mauvaises conditions, elle avait été séduite par sa couleur de pin brut recouvert d'une couche de cire odorante, sa stature massive et sans fioritures, tellement différente de ces choses bon marché qui cherchent à imiter ceci ou cela et n'offrent que le spectacle lamentable du faux luxe. Cette personnalité indéfinissable d'un meuble, le buffet l'imposait dans toute sa force dépouillée.

Elle avait décidé d'acheter le meuble, non pour elle-même qui était jeune, avec une vie entière pour se fournir en buffets, bibelots et objets de toutes catégories. Non, ce buffet-là serait un cadeau.

— Tu crois que ça lui plaira ?
— Je l'espère.
— Parce que moi, je ne suis plus tellement sûre.

Il la regarda brièvement avant de recommencer à surveiller la route. Elle n'en était pas à sa première erreur. Parfois, sous l'effet du soleil ou d'une euphorie quelconque, elle avait ramené à la maison des choses qui lui étaient apparues sous leur aspect le plus doux, des morceaux de rêves qui, une fois transportés, ne laissaient plus jamais percer l'éclat mystérieux.

— Peut-être que ça lui plaira, reprit-elle, seulement il faudra lui trouver sa place.
— Sa place ?
— Oui, sa place. L'endroit où il sera bien.
— Je croyais, dit Thomas, que la place d'un buffet était devant la table, que tu l'avais acheté pour remplacer le vieux qu'elle a jeté et qui se trouvait, si je me souviens bien, devant la table.

Le soleil déclinait selon un angle qui frappait directement la place du passager. Elle baissa les yeux, éblouie et fouilla dans la boîte à gants pour y prendre ses lunettes qu'elle ne trouva pas. Bien qu'elle ne fût pas grosse ses cuisses s'étalaient sur le siège. En comparaison, celles de son mari gardaient, au repos, une sévérité toute masculine.

Ils roulaient à présent en dehors de Paris, sur une voie large bordée de maisons mitoyennes où, de temps en temps, on apercevait un vélo d'enfant appuyé contre le portail. Il était vingt heures et le capot rouge de la petite voiture étincelait sous le soleil de la fin du jour. Thomas abaissa le pare-soleil. L'air chaud du dehors s'engouffrait par la vitre ouverte. Il faisait bon, la voiture n'allait pas trop vite, mais suffisamment pour que la chaussée recule et qu'autour les maisons fuient après avoir un instant dressé leur silhouette rassurante.

— Il faut qu'on prenne de l'essence.

Ils s'arrêtèrent à la pompe d'un hypermarché où un homme plutôt jeune attendait dans une guérite transparente. Il examina le chargement attaché sur le toit et, quand Thomas s'avança pour payer, il sortit de sa cage de verre.

— Il a l'air lourd, dit l'homme en pointant le menton vers le buffet.

— Oui, mais il est bien fixé, répondit Thomas, ne vous inquiétez pas.

Le pompiste ne s'inquiétait pas. Il s'approcha encore de la voiture pour observer le buffet et demanda ce que c'était.

— Un buffet, dit Bianca en passant la tête par la portière.

— Je vois bien, fit le pompiste, mais quel style, quelle époque ?

— Ah ! répondit-elle, je ne sais pas. D'ailleurs, ça n'a pas d'importance.

— Je trouve que si, dit le pompiste, vous permettez ?

Il s'approcha pour caresser le buffet.

— Tiens, il est ciré.

— Oui, c'est ce qui a plu à ma femme, dit Thomas.

— La mienne est pareille, l'été, nous allons dans la Sarthe chez ses parents. Faut la voir astiquer les meubles, on dirait une publicité. Moi, ce qui m'intéresse, c'est les époques et les genres. J'aime bien savoir. Celui-là n'a aucun style, dit-il en pointant à nouveau le menton vers le buffet, mais il est beau quand même.

— Merci, dit Thomas.

Il lui tendit un billet et le pria de garder la monnaie.

Ils reprirent la route, toujours avec précaution, mais maintenant Thomas s'était aguerri. Le buffet ne pesait plus au-dessus de leur tête, la voiture avait prouvé qu'elle pouvait en supporter le poids.

*

La nuit tombait quand ils arrivèrent à destination. Une rue petite et calme, avec, d'un côté, un immeuble des années soixante, de carrure athlétique, et, de l'autre, un alignement de maisonnettes colorées et ventrues comme les aimait la mère. De sa fenêtre, elle passait des heures à contempler les jardins, les enfants et les barbecues du samedi en regrettant de ne pas habiter de l'autre côté.

Elle reconnut la voiture rouge qui se garait sur le trottoir. Les voilà, se dit-elle, sans parvenir à distinguer dans l'obscurité les détails de la masse sombre posée sur le toit. Sa fille et son gendre lui adressèrent un signe de la main.

— J'arrive, cria-t-elle, je descends vous aider !

La rue tranquille s'emplit de sa voix comme au temps où elle criait hou-hou pour appeler ses camarades en sortant du travail.

— Ne te dérange pas maman, répondit Bianca d'un ton plus discret.

Ils eurent beaucoup de mal à monter le buffet. La mère habitait au troisième et l'escalier trop étroit fut un calvaire.

— Il faudrait qu'on soit deux, dit Thomas en s'essuyant le front et les tempes.

— On est deux, répondit-elle, essoufflée.

— Je voulais dire : deux hommes.

Il avait raison. Deux types costauds et dont c'était le métier l'auraient monté, ce buffet, tandis qu'elle et lui se traînaient dessous comme des fourmis sous un butin trop lourd.

Ils parvinrent au troisième après avoir écorché le mur aux autres étages. La mère les attendait sur le seuil de sa porte grande ouverte.

*

Calé derrière la table de la salle à manger et les chaises recouvertes de skaï noir, le buffet avait pris une autre allure. Sa modestie naturelle s'accentuait, sa stature pourtant robuste – car comme l'avait remarqué la mère, il était en "massif" – laissait apparaître une fragilité fondamentale. Face au reste du mobilier acquis des années auparavant dans un grand magasin, le buffet du brocanteur possédait l'étrangeté d'un cousin très éloigné.

La mère se recula de l'autre côté de la table pour jouir d'un meilleur coup d'œil. Elle portait sa blouse préférée, taillée dans un imprimé provençal, avec deux poches sur les hanches. Elle y fourrait son mouchoir, son porte-monnaie, la liste des commissions et les factures. C'est mon classeur, disait-elle en riant. Autrefois, à l'usine, ses collègues trouvaient que "ça faisait plouc". Mais elle avait conservé sa blouse parce qu'elle s'y trouvait à l'aise.

— Tu as encore mis ce truc, lui dit Bianca, ça te vieillit.

— Mais je suis vieille, répondit la mère qui connaissait la chanson.

Elle regarda le buffet plaqué contre le mur de la salle à manger.

— Ce n'est pas le buffet de chez tout le monde. En tout cas, j'espère que vous resterez manger ici, dit-elle en mettant les mains dans les poches de sa blouse.

Thomas se servit à boire dans les gros verres en cristal qu'ils lui avaient offerts pour son anniversaire. Ceux-là lui avaient plu tout de suite. Je suis gâtée, disait la mère, chaque fois qu'ils lui faisaient un cadeau. Et les traces de leur affection étaient visibles partout dans l'appartement. Les gravures qu'ils avaient ramenées d'un voyage en Hollande voisinaient sur le mur avec des assiettes ornées de proverbes qu'elle s'était achetées à Limoges lors d'une visite chez sa sœur. Mélangés tant bien que mal à son univers personnel, leurs cadeaux peuplaient la maison. Le miroir doré, le porte-parapluies dont elle n'avait pas l'usage, le fauteuil canné – au moins il était confortable –, le petit vase peint à la main où elle mettait des fleurs séchées, donnaient chez elle une impression de déracinement.

Pourtant la mère acceptait tout. Elle avait laissé Bianca arranger le salon qui n'était pas à son goût et même la chambre, trop triste. Tu t'y connais, disait-elle à sa fille, je te fais confiance.

Il en résultait un bric-à-brac surprenant, un paysage composé des strates anciennes de la vie de la mère et celles que la fille y avait ajoutées, deux volontés qui se mêlaient pour créer une terre bigarrée et chaotique, un territoire mouvant comme ces zones difficiles où se rejoignent et s'affrontent les continents.

Le seul endroit qu'elle lui eut interdit était la cuisine où elle s'opposa de toutes ses forces à ce qu'elle appelait "les tralalas". Sa cuisine resta telle qu'elle avait toujours été avec une cuisinière et un frigo, auxquels, par coquetterie plus que par besoin, elle avait ajouté un lave-vaisselle. Pour le reste, une table carrée recouverte d'une toile cirée qu'elle choisissait de préférence dans un motif provençal qui allait avec sa blouse.

*

Ils mangèrent un lapin à la moutarde que Thomas trouva fameux. Au début de son mariage avec Bianca, il l'avait mise en garde : n'aimant ni les plats en sauce ni les viandes, il se nourrissait surtout de poisson, parfois de poulet. Estomac délicat, avait pensé la mère en prévoyant des problèmes. Mais il s'était révélé un bon mari pour sa fille, un homme sans vices apparents hormis ses yeux qui ne riaient jamais. Les jeunes, selon la mère, ne ressemblaient pas aux hommes d'autrefois qui labouraient la vie comme des buffles, bavards et violents – c'étaient leurs défauts –, mais quand ils étaient heureux, au moins ils le montraient. Tandis que ceux de maintenant étaient gentils, là n'était pas la question, seulement, ils avaient l'air absents, la vie les fuyait.

Aussi, lorsque Thomas, aux alentours de la trentaine, lui avait fait l'honneur de manger de la viande, elle s'était gonflée d'importance. En lui passant les plats, elle s'imaginait lui offrir une transfusion de gaieté carnivore, un remède de vigueur à l'ancienne qui bouillonnait dans ses casseroles et s'écoulait goutte à goutte dans les veines transparentes du jeune homme.

— Voyons ça, dit-elle, en chaussant ses lunettes pour examiner les photos qu'ils avaient ramenées des vacances.

De temps en temps, elle levait la tête pour comparer les clichés avec leurs vrais visages.

— Vous avez bonne mine.

Puis elle resta pensive, ses lunettes sur le nez.

— Laissez, dit-elle, quand ils voulurent débarrasser la table.

— On t'allume la télé ? demanda Bianca.

— Ça ira, ne vous mettez pas en retard.

Elle retourna s'asseoir au séjour d'où elle se mit à observer le buffet.

*

La voiture légère, débarrassée de son fardeau, fonça dans l'obscurité pavillonnaire. Thomas se passa la main sur le ventre en soupirant.

— Elle a mis le paquet, ce soir.
— Ça lui fait plaisir, dit Bianca.
— Je sais.
Ils quittèrent la route de banlieue pour s'engager dans la lumière du périphérique.
— C'était une erreur, dit Bianca, on n'aurait pas dû l'acheter, ce buffet.
— Bon, ce n'est pas son style et alors ? on n'en mourra pas.

Il ralentit dans le virage. La ville les attendait, pas encore assoupie, elle. Tout ici était encore allumé, même si la fatigue avait éteint certaines fenêtres, les autres entretenaient la flamme. La vie étincelait dans les cafés, les rues n'étaient pas vides, les immeubles faisaient bloc, solidaires, tous d'une même famille issue du XIXe siècle. Même les petits derniers qui ne ressemblaient à rien, les mochetés en béton, ceux-là aussi étaient accueillis, incorporés malgré leur tristesse, d'ailleurs ils n'étaient plus tristes puisqu'ils appartenaient au clan, unis dans l'alliance indéfectible de la ville. Sécrétant les disgrâces et les bonnes fortunes, le royaume urbain s'ouvrait, se prêtant à toutes les illusions, mais surtout à ce désir féroce d'une présence à chaque coin de rue, même quand il n'y a que l'indifférence.

La ville fournissait le boire et le manger d'un rêve insatiable, sur cette faim-là, on se levait et s'endormait.

La voiture rouge s'engouffra dans cette plénitude.

*

La mère se réveilla le lendemain d'humeur à la fois décidée et contemplative. Un mélange néfaste en général car, incapable de se décider entre ces deux objectifs – le besoin d'agir et celui de penser –, elle ne faisait ni l'un ni l'autre. Il faut se secouer, autrement la journée est foutue, pensa-t-elle.

Pour une fois, elle ne prit pas son café dans la cuisine, mais s'installa dans la salle à manger où elle examina le buffet. La veille au soir, elle l'avait vu à la lumière artificielle, mais il était encore plus imposant au jour. Elle se leva pour le mesurer à l'aide d'une règle d'écolière. Mis bout à bout, les différents reports de la règle sur le meuble donnèrent un mètre quatre-vingt pour la largeur et un mètre vingt pour la hauteur. C'est bien ce que je pensais, se dit-elle, il prend trop de place.

Elle but son café à petites gorgées en pensant qu'elle s'y habituerait. Mais il la mettait mal à l'aise. Elle s'accouda à la fenêtre. Les arbres du voisinage avaient pris les tons roux et jaune de l'automne qui lui rappelaient les cheveux de Bianca au retour de la mer quand elle était petite. Quelle gosse difficile, soupira la mère. Elle se retourna. Le buffet l'énervait de plus en plus. Elle l'examina avec attention, comme un adversaire que l'on toise. Il est trop clair, se dit-elle finalement. Ce bois décapé, éteint, voilà ce qui lui donne cet air pauvre et anémié.

C'est alors qu'elle prit une décision et, songeant au remède de cheval qu'elle allait lui administrer, se frotta les mains.

Le plus difficile fut le ponçage au papier de verre. Faute d'avoir mis des gants de protection elle s'écorcha les doigts, mais les gants l'auraient gênée. Qu'importe. Le ponçage fini, elle était fourbue. Qui aurait pensé qu'elle fût encore capable de tels efforts ? Il est vrai qu'elle avait eu toute sa vie pour s'entraîner. Il n'y a que les fainéants qui se fatiguent, disait sa propre mère. En attendant, son visage était en sueur et ses bras étaient raides de fatigue.

Elle recula pour mieux voir le résultat de son ouvrage. Nettoyé au papier de verre, le buffet était encore plus pâle qu'auparavant. Si ça se trouve j'ai perdu mon temps, se dit-elle en se remettant patiemment au travail. Sourcils froncés, elle jetait de temps en temps un coup d'œil sur la pendule comme si elle s'attendait à la visite du contremaître. Un petit café l'aurait remontée. Pas de ça, voyons, elle ne dormirait pas ce soir, et puis l'heure tournait, il fallait terminer. Elle imagina la surprise de sa fille en voyant le buffet requinqué, son émerveillement étonné devant le savoir-faire de sa mère qui aurait su rendre à son cadeau, ce buffet qu'elle s'était donné la peine de choisir, tout l'éclat qu'il méritait. La mère, qui pour l'instant transpirait de plus en plus, ferait la modeste, jurerait que ç'avait été facile, qu'il suffisait de bien calculer son coup.

Après plusieurs heures de labeur continu, la besogne fut accomplie. Elle, qui avait craint un moment de ne pas en venir à bout, regardait son œuvre en se félicitant une fois de plus de cette bonne santé qui, loin de l'abandonner avec l'âge, ne cessait de lui prêter main-forte.

*

Bianca prit le train pour aller voir sa mère. Un petit voyage, sans rien de particulier, mais qu'inexplicablement, malgré la mornitude avérée du paysage, elle trouvait plaisant.

Lorsqu'elle débarqua dans la petite gare, le ciel boursouflé lui parut plein de charme et le bruissement des feuilles dans les arbres des pavillons voisins une mélodie capiteuse. Pour cette raison, elle ne se pressa pas, d'ailleurs, songeait-elle, le parcours entre la gare et l'immeuble de sa mère était l'une des rares choses qu'elle fît sans se hâter, comme s'il s'agissait d'une promenade. Elle se demanda pourquoi les petites rues débordantes de verdure paraissaient si mesquines la nuit à la lueur des phares, tandis qu'en plein jour, surtout s'il faisait beau comme c'était le cas, on avait parfois l'impression que toute la vérité, toute la sagesse du monde se trouvaient réunies dans ces quelques mètres carrés de terre jardinée. Les modestes maisons parfumées de laurier, loin d'être étouffantes, contenaient, par un bizarre retournement des perspectives habituelles de Bianca, la promesse d'un Eldorado paisible et discret, à l'inverse de la ville qui prenait toutes les forces et donnait en retour un plaisir superflu qu'il fallait payer au prix fort.

— Alors cette surprise ? demanda Bianca dès que sa mère ouvrit la porte.
— Entre donc.
Elle la suivit dans le séjour où la lumière entrait généreusement par les fenêtres pour s'unir à l'ensoleillement perpétuel des murs tapissés en jaune.
Au milieu, trônait le buffet. Sa discrétion naturelle avait disparu sous une teinture de couleur indéfinissable, ocre et rougeâtre à la fois.
— Merisier, précisa la mère avec compétence.
Figée devant le buffet, Bianca n'en croyait pas ses yeux. Il avait perdu sa personnalité, sa grâce s'était éteinte, noyée dans le jus infâme dont la mère l'avait enduit. Il ressemblait à ces meubles en série, qu'on achète dans les magasins de grande distribution.
— Ça ne te plaît pas ? demanda la mère.
— Pourquoi tu as fait ça ? demanda Bianca.
— Tu penses que c'est raté, dit la mère.
Bianca ne répondit pas et se mit à marcher de long en large, de la fenêtre au canapé, du canapé vers la table et, chaque fois, la couleur du buffet lui explosait au visage.
— Calme-toi, dit la mère. On va arranger ça.
— Comment ? Il est bousillé. Tu ne vois pas qu'il est bousillé ?
— Je croyais bien faire, expliqua la mère.
Ecrasée d'impuissance et de colère, Bianca alla s'asseoir. La mère hésita, puis la rejoignit en se demandant si elle devait lui proposer une boisson ou une part de tarte. Il vaut mieux pas, se dit-elle en regardant sa fille. Elles restèrent assises autour de la table à contempler le buffet rougeâtre.

— J'ai du décapant, dit la mère, on peut essayer de le ravoir.

— Pas la peine, dit Bianca.

— On peut toujours essayer, dit la mère qui, dans la cuisine, fouillait déjà parmi ses produits.

Elle revint avec une bassine et des chiffons qui débordaient des poches de sa blouse.

— Laisse, dit Bianca en empoignant le décapant d'une main et, de l'autre, un chiffon.

— Couvre-toi le visage, c'est toxique, dit la mère soudain désœuvrée.

Sans l'écouter, Bianca répandit le décapant qui s'attaqua aussitôt au buffet et pénétra dans le bois pour en chasser la honteuse couleur. En s'évaporant, le produit corrosif piquait la gorge et les yeux, mais Bianca, nez et lèvres pincées, continuait de l'étaler.

Une seule application ne fut pas suffisante, la teinte ocrée s'agrippait à la surface poreuse du bois et, pour la déloger, Bianca dut faire une deuxième tentative. Appuyée contre le mur, l'air las, elle attendit ensuite que le produit agisse. Sa mère se réfugia dans la cuisine où les vapeurs toxiques qui arrivaient par le couloir la firent discrètement tousser.

Le deuxième essai ne vint pas à bout de la teinture. Par endroits, les traces rouges demeuraient tenaces. Armée d'un morceau de papier de verre, Bianca commença à poncer, d'abord en maîtrisant son geste puis de toutes ses forces. Elle s'écorcha les doigts sur la toile émeri parce que, tout comme sa mère, elle estimait que des gants l'auraient gênée et n'en portait donc pas. Elle continua de poncer violemment et s'aperçut que, peu à peu, le buffet retrouvait sa clarté d'origine. Bianca redoubla d'efforts. Elle était en sueur. Elle se concentra sur les zones de clarté qui renaissaient sous ses doigts, la couleur fine du bois naturel qu'elle parvenait tout doucement à arracher à l'erreur de sa mère.

Sortie de la cuisine, celle-ci observa un moment sur les épaules de sa fille, le va-et-vient de la natte, tel un pendule inexorable où le blond et le roux mêlés des jolis cheveux ne se distinguaient plus.

— Tu me donnes le tournis, dit la mère, je vais faire les commissions.

Bianca ne répondit pas et continua de poncer comme un voyageur égaré dans un désert de sciure. Brusquement, son dos s'affaissa et elle baissa les bras. Je n'y arriverai pas, se dit-elle, en jetant le papier de verre sur la table où elle s'assit, la tête posée entre ses poings. L'esprit vide, elle laissait ses yeux circuler dans l'appartement et s'arrêter sur les objets familiers et les souvenirs en évitant le buffet.

Le bruit d'un jouet qu'on traîne sur le sol lui parvint de l'appartement du dessus. "Tu vas rayer le parquet", cria une voix. Bianca releva la tête et se demanda pourquoi un parquet se raye aussi facilement. Maintenant l'enfant pleurnichait, le crétin. Il devait bien avoir d'autres jouets, des ours en peluche, des albums de coloriage qui ne rayent rien.

— Et qui n'emmerdent personne, dit Bianca tout haut.

Comme pour l'exaucer le bruit cessa. Restaient le silence et les mains meurtries de Bianca qui se tordirent et s'agitèrent dans le vide.

Quand la mère reparut dans l'entrée, elle posa ses provisions sur une chaise.

Bianca n'avait plus son air de tout à l'heure. Peut-être attendait-elle des conseils ?

— Essaie l'eau de Javel, dit la mère, ça blanchit tout.

— Tu crois ? dit Bianca, comme une bête encore sauvage qui accepte de flairer la main qui va la nourrir.

Elles s'y remirent ensemble. L'une répandait de l'eau de Javel pure sur le buffet cependant que l'autre l'étalait avec un chiffon.

— Il faut attendre un peu pour voir le résultat, dit lamère.

Le bois mouillé noircissait en dégageant une odeur de pourri. Mais dès qu'il commença à sécher, sa trame décolorée reparut, si claire, presque blanche.

— Ça marche ! s'écria Bianca.

— Je te l'avais dit.

Pour accélérer le processus, elles recommencèrent à poncer, chacune à l'extrémité du buffet jusqu'à ce que leurs mains écorchées se fussent rejointes au milieu.

Peu à peu, leurs efforts se trouvèrent récompensés et le buffet redevint, centimètre par centimètre, aussi pâle qu'il l'avait été dans l'antre poussiéreux du brocanteur.

La mère décida de se faire un café pour fêter ça et Bianca, qui n'en buvait pourtant jamais, en accepta une tasse.

Le café bu, elles fignolèrent le travail.

*

— Comme neuf ! dit la mère en regardant le résultat. Tu vois, ma fille, ce n'était pas la peine de s'affoler.

Elles étaient assises au salon, comme deux dames qui discutent dans une maison impeccable où persistait l'odeur de Javel et de décapant.

— Il est quand même beaucoup mieux comme ça, honnêtement ? demanda Bianca.

— Honnêtement, il est mieux.

— Pourquoi tu as voulu le changer, alors ?

— Je ne sais pas, dit la mère, je croyais bien faire.

— Une chose est une chose, dit Bianca. On ne peut pas la prendre pour une autre.

La mère acquiesça. Elles se reversèrent du café, qu'elles burent à gorgées méticuleuses, installées dans leur fauteuil.

— Tu es contente ? demanda Bianca.

— Oui, d'ailleurs, moi si c'est pour faire des complications, les meubles et le reste, je m'en balance.

— Faut s'en foutre.

— Exactement, répondit la mère.

*

Lorsque Bianca la quitta après manger, la mère resta un moment à la fenêtre pour la regarder s'éloigner dans la rue noire. Puis elle éteignit les lumières du séjour et alla se coucher.

Dans son lit, elle demeura raidie de fatigue, sans parvenir à s'endormir.

*

Pendant quelques temps, elle fit de son mieux pour s'habituer au buffet et le décora en posant dessus le vase de fleurs séchées, une corbeille de fruits et des photos de jeunesse. Puis elle changea la disposition des fauteuils et celle de la table. En vain.

Un jour, l'automne était déjà bien installé et il pleuvait, elle retourna dans le magasin où, des années auparavant, elle s'était meublée pour y acheter un buffet moderne de couleur sombre avec des poignées dorées, qu'elle paya sur ses économies.

La semaine suivante, deux livreurs costauds le hissaient sans difficulté dans les escaliers.

Elle leur donna un bon pourboire en leur demandant de pousser le buffet de Bianca dans l'entrée, ce qu'ils firent aimablement. Quand ils furent partis, elle admira le nouveau buffet, sombre et reluisant, qui, tel un ami, dispensait sa chaleur dans le séjour.

Elle remit des fleurs séchées et des fruits sur le buffet de Bianca, exilé dans l'entrée, pour montrer qu'elle savait respecter un cadeau. Mais, malgré cet ajout décoratif, il demeura si pâle et maladif qu'à la longue il lui sembla qu'il disparaîtrait dans le mur.

EN ATTENDANT ISABELLE

L'obscurité se retirait doucement et, peu à peu, la lumière gagnait la salle. Des visages émergeaient de la pénombre, des bras s'étiraient et des yeux cherchaient par des mouvements craintifs et affolés à se refaire une idée de l'entourage.

Sasha était déjà debout, prêt à partir, le dos appuyé contre le mur tendu de rouge où son tee-shirt à rayures jaune et noir le distinguait parmi le public qui s'extrayait des fauteuils de velours en rentrant les fesses et les abdomens pour circuler parmi les travées. Planté contre ce mur, bras croisés, jambes légèrement écartées, Sasha scrutait la salle en cherchant Saïd et Amar sans se douter qu'eux l'avaient déjà repéré tant était frappant le contraste entre les rayures jaune et noir de son tee-shirt et le mur tendu de rouge.

Bumble bee, pensa Amar en le contemplant à distance. Il se demanda comment Sasha se débrouillait pour ne pas paraître ridicule dans cet accoutrement, puis, à son tour, il se leva, attendit que sa voisine, une femme d'un assez bon genre avec des lunettes à montures fines, ramasse ses affaires.

— Tu ressembles à un bourdon de dessin animé avec ton tee-shirt, dit-il à Sasha en arrivant devant lui.

Sasha haussa les épaules.
— Salut, fit Saïd en les rejoignant.
— *Labès ?* ironisa Sasha.
— Pas trop mal, fit Saïd.
— Où est Dominique ? demanda Amar à Saïd.
— Je crois qu'il a dû partir avant la fin.
— Il te l'a dit ?
— Oui, je l'ai rencontré dans le hall en arrivant.

Ils se mirent dans la file qui s'acheminait patiemment vers les issues. Ils piétinaient comme du bétail. Sasha avait chaud, il s'énervait. Saïd au contraire appréciait cette attente. Il ne voulait pas se retrouver dehors tout de suite mais demeurer encore un peu dans l'ambiance des images, et puis, non, il se trouva stupide. La file s'ébranla. Amar demanda où était parti Dominique.

— Il avait des choses à faire, répondit Saïd.
— Il aurait pu les faire un autre jour, dit Amar, contrarié.

Ils avaient atteint un petit couloir à peine éclairé, dernier boyau avant la ruée vers la sortie. Il faisait sombre et doux dans ce couloir. Appuyée contre une porte qui donnait sur la guérite des projectionnistes, Dali les attendait. Elle souriait. Saïd s'approcha.

— Alors ? demanda-t-il, ça t'a plu ?
— Je ne sais pas, dit-elle. L'histoire était difficile à comprendre à cause de la langue. Je crois que les sous-titres étaient mal traduits, mais les images du pays étaient belles.

Sa voix, d'une fraîcheur acidulée, presque aigrelette, le frappa. La voix des jeunes filles, pensa-t-il. Dali frôlait pourtant la trentaine. Il se demanda pourquoi elle avait conservé ce timbre pointu qui ne correspondait pas à son âge. Des jeunes filles il venait d'en voir pendant plus de deux heures dans le film. Elles parlaient la langue des montagnes de là-bas. Leurs voix étaient acides comme un printemps pluvieux, mais leurs visages étaient graves. Quel âge avaient-elles, dix-huit ? Dix-neuf ? Peut-être moins. Dans ce monde-là, tout s'usait vite. Il regarda à nouveau le petit visage impertinent de Dali et celui des femmes dans les escaliers. Il en vit pas mal qui aurait pu passer pour des demoiselles. Saïd savait que, malgré leur air juvénile, la plupart étaient mariées et mères de famille.

Voilà que je divague, se dit-il. Il mit la main dans ses poches pour chercher ses cigarettes.

— On va dehors, dit Sasha.

Succédant à la pénombre de la salle de projection et à la clarté feutrée du hall d'accueil, la lumière du printemps était fulgurante. Sous le ciel parisien, la masse géométrique de l'Institut du monde arabe s'imposait, étincelante et trapue. Le parvis chauffé à blanc donnait soif.

— Où est Dominique ? demanda Dali.
— Parti, répondit Sasha.
— C'est toujours pareil, dit-elle, il nous donne rancard, et lui, salut, il s'éclipse !
— Il avait quelque chose à faire, dit Saïd.
— Sans arrêt comme ça depuis qu'il est au ministère, dit Sasha.

Amar déclara qu'il aurait dû rester prof. Mais il paraît que Dominique en avait eu marre d'enseigner.

— C'est dommage, remarqua Saïd, c'était un bon prof.

— Tu l'as eu en quelle année ?

— Soixante dix-huit, quand j'ai passé mon bac.

— C'est vrai que toi, tu n'es plus tout jeune ! lança Sasha.

Dali le prit par l'épaule et le traita de trou du cul.

— Allons boire un coup, dit-il.

Ils traversèrent l'esplanade pour se diriger vers ce que Sasha avait appelé la "buvette". C'était un kiosque recouvert d'une bâche blanche où naviguaient des serveurs en uniformes blancs également. Une centaine de personnes discutaient verre à la main au milieu d'une profusion de fougères dont les palmes élégantes se découpaient sur la toile blanche, toute simple. Il faisait chaud. Des femmes s'éventaient avec la plaquette de présentation du film. Les mains, toutes de proportions moyennes et harmonieuses, ongles taillés, tenaient entre le pouce et l'index des flûtes à champagne. Ici et là quelques acteurs connus, des journalistes.

— Pour un film de bouseux, il y a du monde, remarqua Sasha.

— Le service de presse a bien fait son travail, dit Amar, c'est une bonne chose.

Deux hommes s'approchèrent de Saïd.

— Alors, mon vieux, depuis le temps ! dit l'un d'eux.

Saïd eut un sourire de camaraderie.

— Oui, ça fait un bail.

— Dis donc, ton truc à la radio, ça marche fort.

— Je n'ai pas à me plaindre.

— Tu vas faire quelque chose sur le film ?

— Non, dit Saïd, je suis ici à titre privé.

— De toute façon, fit le deuxième homme, c'est un spectacle un peu difficile pour le public moyen.

Saïd opina.

— Bon, fit l'un des types, on se verra un de ces quatre.

— Volontiers, dit Saïd.

Ils se serrèrent la main. L'un des gars empoigna son compagnon par l'épaule et ils s'éloignèrent à reculons en tenant leur verre bien haut, comme s'ils portaient un toast.

Sasha les examina avec curiosité.

— Des potes à toi ? demanda-t-il.

— Nous avons débuté ensemble.

— Je vois.

Un plateau de sandwichs s'arrêta devant eux. Ils se servirent.

— Je vais chercher du champagne, fit Dali.

Saïd acquiesça. Son sandwich à la main, il scruta les lieux en songeant aux garden-parties des romans de Fitzgerald, à l'émerveillement qu'il éprouvait adolescent pour tout ce qui s'apparentait au luxe et à l'aisance. Il pensait aux costumes en lin qu'il s'était évertué à porter pendant plusieurs étés et qu'il avait finalement abandonnés au profit d'un tissu qui ne se froissait pas. Il n'avait plus le temps d'assumer le rôle ambigu qu'implique le vêtement en lin, et aujourd'hui, il mettait des costumes italiens en laine fine. Tout de même, le kiosque sous sa toile blanche, les serveurs stylés, il ne pouvait s'empêcher de trouver ça bien. Cette idée le fit sourire.

— Qu'est-ce qui t'amuse ? lui demanda Amar.

— Rien, je pensais à mes costumes en lin.
— Toi aussi, dit Amar, on est tous passés par là.
— Je croyais que tu avais toujours été trop fauché pour t'y intéresser.
— Justement, dit Amar, justement. D'ailleurs, il m'est arrivé de faire des films qui ont rapporté. En ce moment, continua-t-il, c'est plutôt la dèche.

Il passa une main sur son front chauve, son restant de cheveux ramassés sur la nuque. C'était un homme vigoureux, au visage énergique. Il portait bien sa quarantaine, à cause du beau visage, des yeux pensifs. Il était petit et robuste comme un paysan. Saïd, lui, avec son mètre quatre-vingt-sept et ses épaules larges, toutes les femmes le dévoraient des yeux, mais Amar n'était pas jaloux.

Dali revint avec Sasha, les mains pleines de coupes de champagne. Un homme assez âgé les accompagnait.

— Je vous présente M. Kébir, dit-elle, il est cinéaste.
— Nous nous connaissons, lança M. Kébir à Saïd.
— Oui, dit Saïd, pendant les élections, vous êtes venu parler à l'antenne.
— Il y a trois ans.
— C'est exact.

Ils burent du champagne en silence. Saïd sortit ses cigarettes de sa poche et se mit à fumer pensivement.

— Alors, demanda M. Kébir, vous l'avez jugé comment ce film ?

Ils se regardèrent. Sasha demanda une cigarette à Saïd.

— C'était beau, dit Dali à M. Kébir, je n'ai rien compris, mais c'était beau.

— Vous ne comprenez pas le kabyle ?

— Pas un mot, j'ai dû lire les sous-titres, mais je n'ai pas bien saisi l'histoire.

— Et vous autres, vous le comprenez le kabyle ?

— Moi oui, dit Amar.

— Toi, tu es de là-bas, je te connais, dit M. Kébir.

— Je vous connais aussi, dit Amar.

Ils se toisèrent.

— Les sous-titres étaient mauvais, répéta Dali. Mais les femmes avaient de jolies robes, les maisons étaient propres, j'ai vu ça comme un joli conte qu'aurait pu me raconter ma grand-mère si nous parlions la même langue.

— Ouais, dit Sasha, ça sent le retour au terroir.

— Et alors ?

— Alors c'est vulgaire.

— Dans ce cas, pourquoi tu es venu à la projection ? demanda Dali.

— Dominique m'avait invité, je ne voulais pas le vexer.

— Il s'en fout Dominique que tu viennes ou pas.

— C'est lui qui m'a téléphoné en insistant, il disait que ce serait bien qu'on assiste à la première. J'avais rien à faire, je suis venu.

— N'empêche, dit Dali à Sasha, si tu dis qu'il ne te touche pas ce film, tu mens.

— Pas comme tu crois alors, pas avec ce beuglement de veau qui rentre à l'étable.

— Merci, dit-elle.

— Je t'en prie.

Une table venait de se libérer, ils s'y installèrent et hélèrent un serveur qui fit adroitement couler du champagne dans chacun des verres qu'ils avaient vidés, puis leur proposa des amuse-gueules colorés qu'ils refusèrent. L'homme s'éloigna. Il y avait déjà moins de monde, les gens commençaient à partir en petits groupes, dossiers de presse serrés contre la poitrine, chemises ouvertes sous des costumes légers, pas nécessairement en lin. A petits pas, ils regagnaient le pont de Sully et la circulation très dense de la fin de l'après-midi. Le printemps, anormalement chaud, engendrait sur la chaussée une activité frénétique. Après la morne tranquillité de l'hiver, on sentait partout un besoin pressant de lumière et de vitesse.

M. Kébir expliqua que tout était faux dans ce film, absolument tout. Les décors irréels, les intérieurs trop parfaits, les acteurs, les paysages, tout stylisé, au-delà du raisonnable. Du folklore ! Seulement du folklore ! Ses joues s'empourpraient sous la barbe blanche à mesure qu'il parlait. Ce n'est pas ça la réalité de ce pays ! Pas ça du tout !

— Est-ce que nous avons vraiment besoin de réalité ? demanda Saïd doucement.

— Vous n'y étiez pas, vous ne pouvez pas comprendre mon point de vue, répliqua M. Kébir.

Dali soupira.

Amar avait passé le bras derrière sa nuque et, le dos bien calé sur sa chaise, contemplait M. Kébir.

— Les cow-boys du cinéma américain étaient en réalité une bande de culs-terreux et Gary Cooper est une invention, dit-il. *So what ?* Et puis, vous et moi, nous sommes de là-bas, nous savons les choses. Mais ici.

— Ici, c'est un autre genre, dit Dali en riant, ici nous disposons d'un autre folklore. Nos héros à nous, on leur fait dire "enculé de ta mère" dans les films. Ici aussi on aime le folklore, à la façon d'ici.

— Vous mélangez les problèmes.

— Nous n'avons pas les mêmes, monsieur Kébir.

— Et pourtant, mademoiselle, nous sommes du même sang.

Sasha se mit à rigoler.

— Pourquoi riez-vous ? demanda M. Kébir, d'un ton courroucé.

— Je rigole parce que nous voilà tout à coup dans le vif du sujet, répondit Sasha.

— Je constate qu'au moins certaines choses ne vous échappent pas, dit Kébir en ricanant.

Sasha ouvrit les bras et prit l'air éberlué d'un aspirant à un rôle comique le jour d'une audition à l'Olympia.

— C'est ça, moquez-vous ! dit M. Kébir, et vous, demanda-t-il en se tournant brusquement vers Saïd, qu'est-ce que vous pensez de tout ça ?

Saïd qui fumait toujours, jeta son mégot et fouilla dans ses poches comme s'il s'apprêtait à allumer une énième clope. Il se rappela à ce propos que Dominique disait toujours "un clope", autre histoire de générations. Il sourit à M. Kébir.

— Je ne vois pas bien ce que je pourrais dire.

— Pourtant, un solide garçon comme vous. Regardez-vous ! Vous êtes grand et fort, vous parlez à la radio ! Vos parents doivent être fiers, vous êtes la récompense de tous leurs tracas, de leur vie misérable, oui, ne souriez pas, vous savez que vous l'êtes, et aujourd'hui, vous n'avez rien à dire ?

— Laissons mes parents en dehors de ça, répondit Saïd.

M. Kébir le regarda un instant. Le détailla des pieds à la tête, s'arrêta sur son beau costume italien et ses godasses anglaises.

D'un geste légèrement théâtral, il reprit les documents qu'il avait posés sur la table et frôla de la main les poils blancs et clairsemés de sa barbe.

— Je vous plains, dit-il, en les regardant tous à la fois. Je vous plains, bien plus que vos parents.

— Rien de nouveau à ça, répondit Sasha.

M. Kébir se leva et sans même leur dire au revoir, les quitta.

— Ouf ! s'exclama Dali.

Ils l'observèrent tandis que d'une démarche raide il traversait le parvis pour rejoindre d'autre types en barbes réunis près des menhirs de céramique qui gardent le territoire de l'institut.

Le soleil était plus bas maintenant et frappait en pleine poitrine l'IMA qui ruisselait de lumière. Sa face austère, sa chair anguleuse brillaient presque trop. Il paraissait clownesque, écrasé par la magnificence du ciel.

L'exode s'amplifiait. "Je ne vous oublierai pas", lança une femme tout en noir à deux types, avant de rejoindre la petite troupe des partants qui s'écoulait vers le boulevard Saint-Germain où la circulation était devenue furieuse.

Les serveurs commençaient à replier les nappes de papier souillées qui recouvraient les tables. Dans les seaux, les cadavres des bouteilles s'amoncelaient, les verres sales ramassés à la hâte par les types pressés d'en finir tintaient dans la fin du jour.

Saïd avait cessé de fumer. Les trois autres parlaient encore du film mais il ne les écoutait pas. La muraille de l'institut n'en finissait pas de miroiter et derrière chacun de ses diaphragmes d'acier, un œil guettait peut-être. Saïd se figura le guerrier embusqué, sa silhouette trapue. Il lui sembla qu'il comprenait sa longue patience.

— On s'arrache ? proposa Sasha.

Le parvis était presque désert. Les serveurs leur souhaitèrent bonsoir en rabattant d'un geste impatient les pans de la bâche autour du kiosque qui se referma pour la nuit dans la solitude du parvis.

Sasha proposa une promenade sur les quais parce qu'il faisait encore jour.

— *Why not ?* dit Amar.

— Qu'est-ce c'est que cette manie ? lui demanda Dali.

— Quoi donc ? dit Amar.

— L'anglais. Tu mets toujours de l'anglais dans tes phrases.

— C'est que, répliqua Amar, j'ai étudié à Oxford avec des lords authentiques.

— Bouffon !

— *So what !* répéta Amar en riant. De toute manière, en arabe, tu me comprendrais encore moins.

— C'est vrai que toi tu en es pour de bon.

— *One hundred per cent* pur bic ! répondit Amar de plus en plus gai, pas comme vous autres, des demi-portions.

— Sauf Saïd, dit Dali.

— Ils sont d'où tes parents ? demanda Amar à Saïd.
— Tizi-Ouzou.
— Tizi, c'est là où j'ai fait mes études, poursuivit Amar, là aussi où j'ai rencontré Dominique.
— Il a étudié là-bas ?
— Non, il était venu en 1974 avec un groupe, des jeunes gars qui voulaient savoir où en était le socialisme par chez nous. Ils n'ont pas été déçus du voyage. Moi, je suis arrivé ici, dès que j'ai pu, c'est Dominique qui m'a aidé... mais vous, à l'époque, vous étiez des gosses.
— Qu'est-ce qu'on fait maintenant, on va manger ou quoi ? interrompit Sasha.

Les immeubles nains de l'île Saint-Louis se serraient autour d'eux. En s'aventurant dans le lacis des rues, ils auraient pu trouver quelque part un restaurant pas cher, il suffisait de faire un pas derrière l'autre, de se laisser guider. Mais leurs pas s'emmêlaient, ils allaient et venaient en tournant sur eux-mêmes sans quitter les bords de la Seine. Ils s'assirent sur un banc, à l'ombre d'un arbre frémissant, où ils respirèrent l'odeur de l'eau. La soirée s'annonçait magnifique et donnait envie de vivre avec la désinvolture de ceux qui ne comptent rien. Ils regardaient en silence le fleuve se vautrer sous la lumière de la fin du jour. Sasha fit racler les graviers sous ses pieds. Demain, à dix heures, il serait à la banque. Les yeux rivés sur son écran, il vendrait et achèterait du vent. Il n'aimait pas ce travail bien qu'il l'eût choisi. Un jour, il ne se rappelait plus quand, il s'était vu dans la peau d'un type qui brasse de l'argent, qui répond au téléphone d'un air débordé en se passant la main dans les cheveux. Ce souvenir-là le mettait en colère contre lui-même. Son père, pourtant, était fier. Sasha lui aurait bien expliqué que s'il avait été viré à cinquante ans, c'est parce que des types comme son fils avait désossé sa boîte pour la revendre en miettes au plus offrant. Mais à quoi bon ? D'ailleurs son père l'aurait quand même félicité, parce que la boîte, pour ce qu'il en avait à faire... Il y avait laissé deux doigts de sa main droite et maintenant il était vieux. Son fils au moins serait peinard, pas un manœuvre comme lui. Grâce à sa belle gueule blondinette et à sa mère, qui l'avait surnommé Sasha, pour les voisins et l'école. Le père n'y avait vu que du feu et il s'était mis lui aussi à l'appeler Sasha, plus jamais Djamel, sauf devant les cousins. Eux n'auraient pas compris. Sasha cessa de racler les cailloux. Saïd fumait à côté de lui, Dali et Amar causaient. Il en avait marre. Cette soirée lui faisait l'effet d'un boulet, mais demain, avec les autres à la banque, il se sentirait encore plus seul.

Il eut brusquement envie de dire des gros mots, des ordures bien balancées qui lui auraient rendu l'âpre saveur de son enfance. Enlisés dans leur conversation intelligente, Amar et Dali l'écœuraient. Et puis Dali, il la connaissait depuis le lycée, il avait cessé de la regarder depuis le premier jour, quand ils s'étaient dit leur prénom. Elle était comme une sœur. Il aurait voulu qu'elle lui dispense cette chaleur familiale et qu'elle la ferme. Pareil pour Amar. Derrière sa façade de brave type, se cachait toujours la misère. C'était un fils de harki, personne ne savait ce qu'il avait enduré. Mais en même temps sa bonne santé, son optimisme insupportable donnaient envie de l'égorger.

Les gros mots continuaient d'affleurer dans la tête de Sasha mais sans prendre forme, retenus par un filet de bon sens, par cet "à quoi bon" qui n'en finissait plus de lui pourrir la vie.

— Tu nous suis ? dit Saïd.

Ils l'attendaient. Sasha les distingua dans une sorte de lointain.

— Je vous suis, murmura-t-il.

Ils abandonnèrent les berges de la Seine et laissèrent l'île Saint-Louis dans leur dos. Ils avançaient toujours de manière incertaine, à pas comptés, mais sans la légèreté des flâneurs. Le jour avait nettement baissé, troquant sa lumière contre cette vapeur grise qui envahit la ville à la fin du jour quand il fait chaud et dans l'air lourd les particules scintillantes qu'expulsaient les pots d'échappement dansaient et laissaient un goût sucré dans la bouche.

— Si on allait chez moi, proposa Dali.

— C'est loin ? demanda Saïd.

— A deux pas.

Elle venait d'emménager dans un studio du Marais. C'était petit, mais la lumière était bonne pour travailler. Tout en parlant elle plaquait les mains sur ses cuisses afin de maintenir sa jupe qui menaçait de s'envoler à cause des courants d'air que produisaient les voitures en fonçant sur le pont de Sully.

— Pas complètement libérée notre Delilah, fit Amar.

— Je ne vais tout de même pas montrer mes fesses à ces imbéciles sur la route, répondit-elle en retenant sa jupe de plus belle.

Amar sourit et s'accouda sur le pont. Il pointa l'index vers la face nord de l'IMA qui ressemblait à la proue d'un navire dont la coque bien dessinée épousait gracieusement la rue. Elle était flanquée sur sa droite d'un bâtiment triste et revêche.

— Ça me rappelle le lycée de Montreuil, dit Saïd.

— Ce sont les bâtiments de l'université, dit Amar.

Il se mit subitement à faire un discours sur les proportions admirables de l'IMA, cette face nord qui était tournée vers la Seine et ouverte sur l'avenir tandis que la face sud donnait sur le parvis et gardait tout son mystère. En l'écoutant, Sasha était de plus en plus excédé. Il croyait entendre Dominique à l'heure des cours, mais il ne dit rien et resta accoudé avec les autres sur le parapet d'où, pendant quelques instants, il contempla lui aussi la face nord de la maison des Arabes.

— C'est bizarre, dit Saïd, en se redressant, je ne viens jamais par ici.

— Moi non plus, dit Dali, pourtant je n'habite pas loin.

Sasha avait détourné les yeux de l'IMA et regardait dans le vague. Les bagnoles étaient partout.

— C'est encore loin chez toi ? demanda-t-il à Dali.

— On est à deux pas, je te l'ai dit.

— On y va alors, parce que je bosse demain, dit Sasha en s'arrachant brusquement du parapet.

Amar le regarda en se grattant le sommet du crâne. Ils reprirent leur chemin et avancèrent tous les quatre en silence. La rue du Petit-Musc s'étirait à l'abri du soleil, secrète, assez laide. La lumière de l'IMA les avait définitivement quittés. Bien qu'il fût l'heure de dîner personne n'avait faim tellement l'air était lourd et Amar s'arrêta à un kiosque qui allait fermer pour acheter les journaux.

— Il fait une chaleur, on se croirait en août. Bonsoir mademoiselle, dit le vendeur en reconnaissant Dali.

Amar saisit un journal et un magazine. Sasha et Saïd attendaient sur le trottoir, mains dans les poches en regardant passer deux filles en minijupe. Sasha se retourna sur elles.

— Pas mal, dit-il à Saïd qui se retourna à son tour.

— Oui, pas mal.

— Si je vous dérange, fit Dali, il faut me le dire.

— Toi, c'est pas pareil, dit Sasha.

— Evidemment que ce n'est pas pareil. Encore heureux.

Ils rigolèrent.

— Ne les écoutez pas, mademoiselle, vous êtes mignonne à croquer, dit le kiosquier.

— Tu vois, puisque monsieur le dit, dit Sasha.

Leurs rires redoublèrent. Le kiosquier, perplexe, rendit la monnaie sans comprendre l'hilarité des trois hommes. D'une voix hésitante, il leur dit bonsoir et à bientôt.

Pour se donner une contenance, Dali se mit à critiquer le magazine qu'Amar tenait entre ses mains et qu'elle trouvait vaseux, trop à la mode pour être vraiment moderne.

— C'est suffisant pour un provincial dans mon genre, répondit Amar du tac au tac en se tournant vers Saïd.

— Toi qui es un professionnel, tu en penses quoi de mon journal ? demanda Amar qui, décidément, prenait tout à la rigolade.

Saïd haussa les épaules.

— Rien, ils ont un créneau, voilà tout.

— Alors pour toi, tout est une question de business ? s'étonna Amar qui rigolait moins.

— Non, dit Saïd, mais quand quelque chose de différent se produit, c'est un miracle et, un miracle, il ne faut pas s'attendre à en voir tous les jours.

Il les regarda, presque gêné.

— C'est juste la question de savoir à quoi on peut s'attendre, ajouta Saïd.

Amar répondit qu'il n'était pas convaincu. Il dévisagea Saïd comme quelqu'un qu'on voit dans la glace, et dont on remarque pour la première fois l'étrange profil.

Ils traversèrent la rue Saint-Paul. Amar se plongea dans son magazine, ignorant le Marais historique, les immeubles blanchis à neuf, les boutiques, les élégantes en robes souples et les vitrines toujours plus nombreuses, fichées au cœur de l'histoire, qui mêlaient le contenu poétique des objets de luxe à celui de la pierre authentique.

— Tiens, dit Amar en levant les yeux de son journal, ce soir à la télé, notre camarade Isabelle participe à une émission sur le cinéma.

— Ah ! fit Dali, à quelle heure ?

— Vingt-deux heures cinq.

— Ça tombe bien, dit-elle en s'arrêtant devant un bel immeuble usé, on est arrivés et j'ai la télé.

Dans la cour pavée où ils pénétrèrent d'immenses lierres prospéraient sur des bâtiments assez décatis. Des échafaudages et des bâches rassemblés dans un coin prouvaient qu'ici aussi la rénovation était en marche.

A l'entrée C se dressait un escalier flanqué d'une monumentale rampe en fer forgé.

— Non, pas par là, dit Dali.

Elle les entraîna vers la bouche obscure d'une entrée de service si étroite qu'ils montèrent à la queue leu leu.

— On va jusqu'où comme ça ? demanda Sasha.

— Sixième, dit Dali.

— J'aimais mieux quand tu étais dans ton rez-de-chaussée à la République.

— C'était un cagibi, répondit Dali, à peine essoufflée.

Saïd s'agrippait à la rampe en se reprochant de fumer. Sous les cheveux relevés de Dali, il voyait la nuque étroite et les épaules arrondies. Il s'interdisait d'aller au-delà de cette gentille émotion mais, malgré lui, son regard dérapa. Il se demanda comment on nommait ce triangle charnu que possèdent certaines femmes juste au-dessus du coccyx, cette portion de chair que l'on isole facilement avec un couteau en mangeant du poulet.

Elle ouvrit sa porte. Ils se pressèrent tous les quatre dans une entrée minuscule avec un joli sol carrelé à l'ancienne. Dali s'effaça pour les laisser entrer dans une pièce mansardée, assez grande malgré ce qu'elle leur en avait dit, et ornée d'une verrière. Une odeur de térébenthine se mêlait au printemps qui s'engouffrait par les carreaux restés ouverts.

La pièce était asymétrique. D'un côté, la verrière qui s'élevait bien haut, jusque sous le plafond, et où étaient suspendues une quantité de plantes dans des pots en terre. De l'autre côté, la pièce était basse de plafond et sombre. Des châssis entoilés étaient appuyés face contre le mur. A part les plantes, rien, ni image ni babiole, n'ornait la maison de Dali.

— Installez-vous, leur dit-elle en leur indiquant dans la partie médiane de la pièce, un fauteuil un peu délabré ainsi que son lit, recouvert d'un grand tissu indien.

Son logement était agréable et, sans être luxueux, il possédait cette touche de bohème civilisée que les artistes savent conférer aux lieux qu'ils habitent.

Dali leur demanda ce qu'ils désiraient boire tandis que d'un coffre en bois foncé elle sortait du whisky et de la vodka.

— J'ai aussi de la bière au frigo.

Ils optèrent pour le whisky.

— C'est vrai que je suis bien installée, dit-elle, en disposant les verres sur des petites tables pliantes.

— Dans ce quartier, tu dois payer cher, dit Saïd.

Elle répondit que non, c'était une camarade des Beaux-Arts qui lui avait refilé l'appartement avant de partir au Québec. Tout en parlant, elle servait le whisky.

— Tu me dis quand je m'arrête, demanda-t-elle à Amar.

— Oh là ! stop ! fit Amar en se dressant sur le lit où il s'était à moitié allongé.

Sasha leur rappela qu'il faudrait mettre la télé pour voir Isabelle à l'émission de vingt-deux heures cinq.

— Je ne savais pas qu'elle t'intéressait autant, dit Dali en souriant.

— Elle nous intéresse tous, dit Amar, en s'approchant de son whisky, parce que c'est un personnage intéressant.

— Tu la connais ? demanda Dali.

— Non, fit Amar, je n'en ai pas les moyens.

— Et toi, Saïd ?

— Je ne la connais pas. Pourquoi je la connaîtrais, d'ailleurs ? rétorqua Saïd.

— A cause de ton boulot, dit Dali.

— Mon boulot me fait rencontrer les gens que je dois rencontrer pour mon boulot, c'est tout. Vous vous faites des idées si vous croyez que c'est plus que ça.

Il se leva pour ôter sa veste. Il faisait chaud sous les combles.

Sa chemise blanche resplendissait dans le clair-obscur de l'atelier. Amar déclara qu'il lui rappelait un film de Téchiné qu'il avait vu des années auparavant. Il se ne souvenait plus du titre ni du nom de l'acteur, un Marocain splendide, qu'il avait même essayé d'engager dans l'un de ses propres films.

— Pourquoi tu ne l'as pas fait ? demanda Saïd.

— C'était un type difficile, à la fois ombrageux et trop émotif. Il aurait fallu le rassurer sans arrêt. Je n'avais pas le budget pour ça. Il me fallait quelqu'un de…

— D'immédiatement opérationnel, coupa Sasha en s'étirant à côté de lui sur le lit.

— Oui, opérationnel, répondit Amar d'un air songeur. C'est ainsi que les choses se font, parfois on ne peut pas prendre de risque.

— Qui as-tu engagé à la place ?

— Un type bien, acteur de théâtre.

— Français ?

— Bien sûr, français, fit Amar agacé.

Les trois autres se mirent à rire. Il saisit son verre et le tint serré entre ses mains en se rasseyant sur le bord du lit comme quelqu'un qui devrait partir incessamment.

— Ce n'est pas un métier que les gars de chez nous choisissent, dit Amar, je suis bien placé pour le savoir.

— C'est sûr, dit Sasha, ils préfèrent pointer au chômage de leur plein gré.

— Je n'ai pas dit ça.

— Des acteurs comme tu dis, interrompit Dali, il y en a pourtant.

— Et dès qu'ils deviennent un peu connus, tu ne les approches plus, reprit Amar en s'énervant, ils oublient ce qu'ils sont pour devenir quelqu'un.

— Et ils ont parfaitement raison, dit Sasha.

Amar le considéra un instant, et reposa calmement son verre sur la table basse.

— Là-dessus, nous sommes tous d'accord, conclut-il.

Ils se turent. Dali se leva pour allumer la lumière. Les lampes disséminées dans la pièce diffusèrent une clarté feutrée et bienfaisante qui détendit les visages et arrondit les angles. Dali mit aussi de la musique, un air de bossa nova, exotique et joyeux.

— Qui est-ce ? demanda Amar.

— Stan Getz.

— C'est bien, fit Amar, c'est drôlement bien.

Il commença à se trémousser, puis se leva et ouvrit les bras en scandant le rythme avec ses pieds.

— Dis donc, fit Sasha, il se débrouille.

— Qu'est-ce que tu crois, morveux ? Tu n'étais pas né que je savais danser.

Les bras écartés et souples, Amar faisait évoluer les épaules et le bassin de son corps de paysan avec une délicatesse qui étonnait. Il souriait. Il était comme un gosse.

— Tu viens, Dali ?

Elle ne savait pas danser.

— Comment ça, tu ne sais pas ? fit Amar en l'empoignant.

Elle se laissa faire et le suivit. Effectivement, elle ne savait pas. Amar changea alors de tactique et l'enserra pour danser à l'occidentale. Il mit ses mains autour de sa taille et rapprocha son visage du sien. Elle riait. Il vit ses dents qui brillaient, mais son corps lui glissait des mains. Il ne parvenait pas à la saisir. Il s'approcha à nouveau pour tenter de l'arrimer à lui, elle lui sourit en y mettant de la bonne volonté, mais sa taille, ses jambes, tout en elle était lointain. Il renonça. Ils restèrent enlacés, mais Amar aurait préféré être seul. Il contrôla son buste de manière à ne pas toucher le sien.

— Je te l'avais bien dit que je ne savais pas, dit Dali.

— Ce n'est pas de ta faute, fit Amar, on ne t'a pas appris.

Elle lui sourit d'un air apitoyé, comme si elle le prenait pour un type qui radote.

Il se détacha d'elle.

— C'est crevant, dit-il.

Elle fit oui de la tête en souriant toujours avec le même sourire.

Il alla se rasseoir à côté de Sasha qui lui flanqua une claque dans le dos.

— C'était pas mal, pas mal du tout.

Amar s'essuya le front d'un revers de manche. Il se resservit un verre.

Dali baissa le son, et leur demanda s'ils avaient faim.

— Ne te dérange pas pour moi, fit Saïd.

— Pour moi non plus, dit Amar, en finissant son verre.

— Tu bois trop, fit Sasha, comme mon père.

Amar regarda le plafond et ne répondit pas.

— A propos de mon père, je l'ai vu l'autre jour dans un café. Il m'en a raconté de bonnes, dit-il.

Les autres l'écoutaient sans prêter vraiment attention. Sasha se leva et baissa davantage le son.

— Le style du café, vous le voyez d'ici, commença-t-il.

Les autres se tournèrent vers lui. Maintenant qu'il les sentait tout ouïe, Sasha avait envie de prendre son temps. Il s'étira sur le lit où il s'était installé et se mit à tripoter le bracelet de sa montre.

— Alors, ce café, dit Saïd.

Ce café, précisa Sasha, son père s'y rendait depuis trente ans pour rejoindre des amis, des cousins, enfin des vieux qui sirotaient au comptoir. Le patron avait un gros ventre et des dents en or. Les habitués lui ressemblaient. Ils jouaient aux dominos sur des tables en formica et tapaient aussi le carton – d'un grand coup de poing victorieux quand la carte était bonne. Derrière le comptoir, des bouteilles rutilantes, la tête en bas, whisky et Pernod munis d'un bec doseur. Juste au-dessus était épinglée l'image d'une femme au cou charnu, fièrement dressé sous des bijoux magnifiques et des yeux de déesse. L'affiche portait une inscription en français annonçant sans ambages "la reine des Berbères". C'est elle qui contemplait jour après jour leurs soûleries de ses yeux vides. Il n'y avait pas d'autres femmes dans le café, même à la cuisine où c'était le patron qui préparait le couscous.

— Tu y vas souvent dans ce café ? demanda Amar.

— C'était la première fois.

— Ça n'a aucune importance, dit Saïd, continue.

— Donc, poursuivit Sasha, mon père m'a invité au bar où j'ai d'abord commandé un café. Il était vexé vu que nous étions entre hommes, j'ai donc demandé un calva pour lui faire plaisir. Il portait un pull-over en V, un truc tricoté en jacquard bleu et blanc comme en portent la plupart des retraités, ceux qui ont un bouledogue et un carré de jardin. Mon père n'a l'un ni l'autre. Sans savoir pourquoi, je me suis mis à fixer son pull et le grand col pointu de sa chemise des années soixante-dix. C'est à cette époque-là qu'il a cessé de s'acheter des vêtements à la mode. Il a commandé un autre calva qu'il a bu cul sec et moi je ne pouvais pas suivre. Mon fils, il m'a dit, t'as rien dans le ventre. Mais ça, il l'avait dit doucement, en privé, tandis qu'aux autres il gueulait en kabyle que c'était moi, son fils de la banque. Ils voulaient tous me payer un coup. J'ai remercié et j'ai dit à mon père que je voulais partir mais il a insisté : Reste encore un peu, c'est pas tous les jours que tu viens chez moi. J'ai regardé la reine des Berbères et je n'ai pas répondu. Mon père la regardait lui aussi en sirotant son calva. Il m'a expliqué tout à coup qu'il avait réfléchi. Je lui ai demandé à quoi. Pas grand-chose, tu sais bien que moi je n'ai pas d'éducation. Il m'énervait. Il s'est remis à contempler la reine des Berbères et comme il se taisait, je me taisais aussi, il était embêté. Finalement, il m'a dit : Tu vois, les mariages entre races... Quelles races ? j'ai demandé. Les mariages entre les gens qui ne sont pas pareils, imbécile ! Ces mariages-là, ne sont pas bons pour les enfants. Qu'est-ce que tu veux dire ? Il s'est gratté la tête. Je sais pas comment t'expliquer, mais une jument, si tu l'amènes à un âne, ça fera un mulet. Et alors ? Alors, le mulet c'est la pire des races parce que, lui, il ne peut pas se reproduire, il est tout seul comme un chien. J'ai rigolé. C'est un âne ou un chien ? C'est les deux, a dit mon père. Au bar, les autres types étaient d'accord. Mon père n'aimait pas ça. Laissez, il a fait, je parle à mon fils. Les autres se sont tus.

— Dis donc, ton père, dit Dali, il a des idées drôlement à la mode.

— C'est aussi ce que j'ai pensé.

— Des conneries, ajouta-t-elle, des conneries qu'on excuse mais des conneries tout de même.

Elle les toisa, voir si quelqu'un trouvait à y redire. Ils ne firent aucun commentaire.

— Je ne sais pas pour vous, mais moi j'ai faim, reprit Dali.

D'un pas décidé, elle rejoignit la cuisine.

Les trois hommes restèrent dans le silence à se regarder.

— Ton père, dit finalement Saïd à Sasha, il pense à peu près comme le mien.

— Je m'en doutais.

— Sauf que le mien, au café, il n'y va jamais.

— C'est la preuve que les grands esprits finissent toujours par se rencontrer, dit Sasha.

— Vous généralisez, dit Amar, ils ne pensent pas tous comme ça.

— Qu'est-ce que tu en sais ?

— J'en sais, qu'il est dix heures trois, dit Amar en regardant sa montre, et que nous devrions allumer la télé.

L'émission commençait. Après le générique, l'animateur, assis devant une table basse, présenta ses invités qui souriaient quand la caméra les montrait en gros plan.

— J'ai juste le temps d'aller jeter un coup d'œil sur la casserole, dit Dali en repartant dans la cuisine.

— Malheureusement, poursuivit le présentateur, notre invitée féminine de ce soir s'est décommandée en dernière minute et ne pourra donc être avec nous sur ce plateau.

— Merde ! dit Amar.

— Tu entends ça, Dali ? dit Saïd.

Elle passa la tête par la porte de la cuisine.

— Quoi donc ?

— Elle ne vient pas. Elle s'est décommandée.

— C'est dommage, dit Dali en venant se rasseoir, c'est vraiment dommage.

Le présentateur poursuivit l'émission. Les invités déplorèrent l'absence de l'actrice en espérant que rien de grave ne lui était arrivé.

— Pareil que Dominique, dit Amar, elle convoque les gens pendant qu'elle est occupée ailleurs.

— C'était peut-être un cas de force majeure, dit Dali.

— Peut-être, convint Amar laconiquement.

Ils se détournèrent de la télé qui demeura pourtant allumée. Dali distribua des assiettes et des couverts. Ils protestèrent que ce n'était pas la peine, mais elle leur tendit les serviettes d'un geste si péremptoire qu'un refus eût été vexant. D'ailleurs ils étaient tous plus affamés qu'ils n'auraient cru. L'assiette calée sur les genoux, ils mangèrent leurs spaghettis en silence et burent du vin rouge. La télé continuait de parler, ce qui avec le bruit des couverts constituait l'unique fond sonore. Il faisait totalement nuit dehors, la lune était visible par la verrière mais la chaleur avait subsisté. On se sentait dans l'atelier comme dans une boîte à chaussures et l'odeur de térébenthine semblait plus forte que dans la journée ou peut-être ne faisait-elle pas bon ménage avec la nourriture. En tout cas, maintenant que leur estomac était plein, ils se sentaient tout mous et n'avaient plus envie de parler. Même Dali, qui demeurait songeuse devant son assiette vide.

Finalement, pour dire quelque chose, Sasha lui demanda des nouvelles de leurs anciens copains du lycée. Dali lui répondit qu'elle ne voyait quasiment plus personne, sauf un certain Stéphane qu'elle avait croisé par hasard et qui était comptable dans un garage. Sasha estima que ce métier ne lui allait pas du tout, puis il repensa à ce qu'il faisait lui-même et il se tut.

— C'est vraiment dommage que Dominique soit parti, dit Amar une fois de plus.

Sasha haussa les épaules. Il savait que Dominique leur téléphonerait dans la semaine pour leur demander ce qu'ils avaient pensé de ce film tourné dans la langue de leurs pères. En raison de son métier, Sasha se sentait moins à l'aise qu'autrefois pour discuter avec lui, mais il tenait à rester en contact.

Son vieux prof était comme une borne sur la route, sans lui Sasha aurait eu du mal à s'orienter. Cependant quand Dominique lui répétait que la culture de son père était une vraie culture, il le laissait dire sans lui révéler à quel point il doutait de ces choses.

Entre-temps Dali avait éteint la télé et faisait du café. Sasha en prit une tasse et regarda sa montre. Il était crevé mais ne voulait pas se sauver comme un voleur. Sa tasse de café à la main, il s'approcha des toiles tournées contre le mur. De sa main libre, il essaya d'en relever une pour voir ce qu'il y avait dessous.

— Laisse ça ! fit Dali en se levant prestement.

— Je ne vais pas les manger, fit Sasha, je voulais juste jeter un coup d'œil.

— Ce n'est pas prêt, dit-elle, tu ne peux pas regarder maintenant.

— Comme tu voudras, dit Sasha en retournant se rasseoir, tu vois je suis respectueux du *work in progress*, moi aussi. Hein, Amar ?

Amar sourit.

Saïd avait l'air détendu et absent comme à son habitude. Enfoncé dans le fauteuil, il buvait son café à petites gorgées.

Sasha se demandait quand il pourrait prendre congé.

Il se rassit.

Un peu plus tard, lorsque Dali les raccompagna, lui et Amar, jusqu'à la porte, ils palabrèrent sur le seuil comme si, tout à coup, ils n'arrivaient pas à se dire au revoir. Ce fut Amar qui mit fin à la conversation en s'engageant résolument dans l'escalier.

Saïd, toujours installé dans le fauteuil en cuir usé, semblait n'attendre rien.

Dali commença à débarrasser.

— Je ne vais pas tarder moi aussi, dit-il.

— Je comprends, viens, aide-moi.

Il rougit. Je manque à tous mes devoirs, se dit-il. Mais il savait que cette phrase-là était apprise et que pour lui elle n'avait rien de naturel. Débarrasser la table, ce n'était pas son travail. Il l'aida néanmoins et empila les assiettes et les verres sur un plateau. Comme elle le précédait à la cuisine, il revit sa nuque et ses épaules fragiles mais s'interdit fermement cette fois-ci de descendre plus bas.

— Tu as un lave-vaisselle ?

— *Dishwasher*, comme dirait Amar.

— C'est pratique, dit-il.

Elle avait les yeux brillants. Il déposa le plateau sur la table d'un geste nerveux. Une assiette glissa sur le sol où elle se brisa.

— Laisse, fit Dali, je préfère m'en occuper avant que tu ne casses tout.

— Tu es sûre ?

— Certaine. J'en ai pour une minute, le temps de mettre le lave-vaisselle en route.

Il retourna dans la grande pièce et s'approcha de la verrière où une légère brise circulait par les carreaux ouverts. La nuit était toujours aussi claire. Sa chemise lui faisait mal aux entournures à cause de la chaleur et il fouilla dans sa poche pour en sortir son paquet de cigarettes. Il fumait trop.

En levant les yeux, il pouvait distinguer la Grande et la Petite Ourse, leurs pointillés discrets mais néanmoins identifiables dans le ciel de la ville. Tout jeune, il avait appris à les reconnaître, quand il passait ses vacances en colonie, c'était un truc infaillible avec les filles : quand il parlait des étoiles, elles le prenaient pour un poète.

Dali était venue le rejoindre. Il la sentait à côté de lui, toute proche. Mais il ne tourna pas son visage.

— Ça va ?

Il répondit oui.

Qu'est qu'il pourrait bien lui dire d'autre ? Lui faire le coup de la Grande et de la Petite Ourse ? Pas à elle.

— Ça fait un moment que je n'avais pas vu Sasha, dit-il. Mais, toi et lui, vous êtes restés proches, il me semble.

Il se retourna et vit son visage net de fausse jeune fille et ses yeux qui brillaient toujours.

— Proches, c'est beaucoup dire, disons qu'on continue à se téléphoner.

— On se téléphone aussi, toi et moi.

Elle sourit.

Il se remit à contempler les étoiles. Il respirait mal, en happant le vent du soir comme il pouvait, mais il n'y en avait pas assez pour remplir ses poumons. Il se détacha de la fenêtre.

— Je ferais mieux de rentrer, dit-il.

— Tu fais comme tu crois.

— Comme je crois ?

— Il n'y a pas d'autre mot.

Parce qu'elle avait dit cela, il serait bien rester à parler toute la nuit. Mais il ne voyait pas de quoi.

Le front appuyé contre la verrière, elle le regarda traverser la cour en écoutant son pas. Elle se retira lorsqu'il eut franchi la porte et que le silence fut revenu dans la cour.

Dans la grande pièce restaient les bouteilles vides et le cendrier plein de mégots. Parfait, parfait, se dit-elle. Elle retourna l'une des toiles posées contre le mur et l'amena à la lumière en l'inspectant d'un air méchant. Il était onze heures et demie, elle ouvrit le placard où se trouvait son matériel et alluma le plafonnier ainsi qu'un lampadaire halogène. Les douces lueurs des lampes d'ambiance capitulèrent. Malgré la clarté naturelle du studio pendant la journée, Dali ne peignait que la nuit. Elle s'approcha de la toile, cligna des yeux en réfléchissant. La nuit était propice. Toutes les nuits étaient propices. Dali était dans sa blouse, il faisait déjà moins chaud.

CONTE DE NOËL

En classe, Farida était assise toute seule au fond. Non qu'elle fût mauvaise élève mais la maîtresse estimait qu'elle bavardait trop. Pour s'occuper, Farida remuait les jambes en dessous de la table. Sa maîtresse lui avait dit une fois qu'elle avait les genoux "cagneux", drôle de mot pour parler d'un os. Elle examinait la masse violacée de ses cuisses aplaties sur un banc dans la cour lorsqu'il faisait froid. On aurait cru des chipolatas, les saucisses qu'on vend au Prisu. Elle aurait aimé avoir des moufles, un bonnet cousu à l'intérieur de la capuche et surtout des chaussures à son idée. Avec des brides. Pas les chaussures marron à lacet, garnies de fausse fourrure, que la mairie distribuait à chaque rentrée des classes.

La mairie donnerait aussi pour Noël des crottes en chocolat et des "Chiffres et des Lettres" aux enfants de tous âges. Un grand sapin serait dressé dans le préau pour la fête. Mais, cette année, la maîtresse avait toujours les yeux rouges. Madame Simon avait dit tout bas un jour qu'elle avait eu affaire à un drôle de salopard mais, en voyant que les enfants écoutaient, elle avait repris un ton sévère pour leur demander de monter dans les classes. La maîtresse était gentille mais elle mettait des pantalons serrés où l'on voyait la trace de son slip, juste au ras des fesses comme sur les posters que le grand Michel collait sur le carreau arrière de sa camionnette Darty. Donc, si elle avait les yeux rouges, elle le méritait un peu, à cause de son slip.

Cette année, peut-être qu'il n'y aurait pas de sapin dans la classe.

Comme d'habitude, la mère de Sylvie Giniesand et d'autres femmes étaient venues attendre leurs enfants à la grille de l'école. La maîtresse les appelait les "mamans". Farida rajusta la sangle de son cartable sur ses épaules. Les autres se poussaient devant la grille. Il fallut ralentir et passer le portail chacun son tour. Les mamans cueillaient leurs enfants derrière la grille en ouvrant le sac du goûter. Farida se dépêcha d'aller chercher les petits à la maternelle en espérant qu'ils ne traîneraient pas, ce qui l'obligerait, bien qu'elle essayât de se retenir, à leur foutre des claques. Tout de même, c'était Noël, pensez-y ! avait dit la maîtresse. Farida regarda le ciel. Il n'y avait pas de neige.

En arrivant, elle vit madame Giniesand en grande conversation avec madame Belkhassem et madame Joux dans les escaliers. Son mari n'était pas rentré mais tout le monde savait où il était. Elle ferait donc mieux de rabattre son caquet, disait la mère de Farida. Une fois, elles s'étaient disputées, fallait voir. La mère de Farida avait lancé des gros mots, ça, ce n'était pas tellement extraordinaire, mais madame Giniesand avait répondu du tac au tac, elle, une maman !

Mais aujourd'hui, dans les escaliers, il y avait des rires et une odeur de soupe s'échappait d'une porte entrouverte. Essuyez vos pieds, dit la mère de Farida, en leur montrant le paillasson. La maison sentait le parquet fraîchement ciré et l'odeur de soupe qui provenait des escaliers rendait joyeux. Otez vos chaussures, poursuivit la mère, et prenez les chaussons dans le placard. Farida alla dans le placard. Les chaussons y étaient bien rangés, les chaussures aussi ; d'habitude tout était en désordre, il fallait fouiller pour trouver la paire. Mais là, impeccable. La mère de Farida était contente. Pour Noël, elle désirait que tout fût en ordre. D'ailleurs, dit-elle en levant l'index, chaque chose à sa place, faut prendre des bonnes habitudes. D'un ton définitif qui prouvait qu'elle ne plaisantait pas. A partir de dorénavant, il y aura toujours de l'ordre dans le placard et un parquet brillant. Les enfants opinèrent sagement devant l'autorité de la mère. Allez vous laver les mains, ordonna-t-elle, je ne me suis pas crevée à lessiver les murs pour que vous y mettiez vos pattes. Bien sûr, il aurait été préférable qu'elle n'insiste pas sur le lessivage des murs, qu'elle fasse comme les maîtresses qui trouvent naturel qu'on se lave les mains. Mais au fond, puisque c'était Noël, ça n'avait pas d'importance.

Et vous n'allez pas dans le petit cabinet de toilette mais dans la salle de bains, précisa la mère. Pourquoi ? demande Farida. Parce que, dit la mère.

Les voilà tous autour du lavabo, l'eau coulait, ils firent mousser le savon sur les paumes pour qu'il devienne crémeux comme la pub à la télé, votre peau est si douce, si douce. Autour du lavabo toutes les mains se dressaient comme des marionnettes, des stars. Chacune voulait sa place. Pousse-toi, je te dis ! L'un des petits se cogna le tête sur le bord de la baignoire et se mit à pleurer. Ça commence bien ! lança la mère, on ne peut pas vous laisser une minute. Elle ouvrit le robinet et rinça d'un seul coup le savon des stars. Allez donc vous asseoir sur la banquette pour regarder la télé. Sans vous battre, précisa-t-elle.

Il n'y avait que des émissions pour les enfants à cette heure-là, Farida se mit à la fenêtre. Personne dehors. Les trottoirs paraissaient plus clairs, presque blancs tellement il faisait froid. Aux fenêtres des voisins, la lumière brillait, des ombres circulaient derrière les rideaux. Elle quitta son observatoire et alla dans la cuisine. Maman, pourquoi tu as fermé le cabinet de toilette ? La mère touilla les œufs sans répondre. Farida reposa la question. Te voilà bien curieuse, dit la mère en prenant une drôle de tête, un visage sec, replié sur lui-même. Pourquoi tu ne veux pas me le dire ? insista Farida. Ma parole, mais quel pot de colle, dit la mère. Va donc regarder la télé avec les autres et laisse-moi faire à manger.

Farida retourna à la fenêtre mais il n'y avait toujours personne dehors.

Le père rentra, tout le monde se tut. Avec lui, il fallait du calme et qu'on ne le dérange pas. Farida surmonta sa crainte. Tu as vu, dit-elle au père, le cabinet de toilette est fermé. Encore ça, dit la mère, décidément elle ne va pas nous lâcher. Tu ferais mieux, dit le père, de débarrasser la table au lieu de poser des questions. Cette phrase, il ne l'avait pas dite avec colère, il y avait même dans son regard une sorte de fatigue surprenante pour Farida qui pensait que son père était sévère, voire méchant, mais jamais fatigué.

Elle débarrassa.

Lorsqu'ils furent tous au lit, elle se leva sur la pointe des pieds, ouvrit la porte de sa chambre. A tâtons, elle chercha son chemin dans le couloir en redoublant de prudence devant la chambre des parents où elle retint son souffle. Longeant le mur, elle continua d'avancer jusqu'à ce qu'elle sente sous ses doigts l'encadrement de la porte du cabinet de toilette. En face, le placard où sa mère rangeait dans des boîtes les objets rangeables. La clef se trouvait dans l'une d'elles. Farida fit coulisser le placard aussi doucement que possible en appuyant de tout son poids sur la porte pour l'empêcher de vibrer, mais en vain. Elle s'arrêta, écouta la nuit. Rien. Avec toute la minutie possible elle poursuivit sa recherche et, quand ses doigts rencontreraient les contours de la boîte où logeait la clef, ils l'ouvriraient sans hésiter. Mais la clef ne s'y trouvait pas. C'était bien l'une des seules choses qui fût toujours à sa place dans la maison, pas comme les chaussures ou le reste. Mais Farida avait beau fouiller, la clef avait disparu.

Elle se recoucha en tirant vers elle la couverture où sa sœur s'était enroulée. Ses pieds glacés cherchèrent les siens pour se réchauffer, mais la sœur sursauta et grogna. Farida retira ses pieds et se mit sur le dos. Les yeux ouverts dans le noir, elle réfléchit.

Elle ne prêta aucune attention à Sylvie Giniesand le lendemain dans la cour de récréation, ne sentit pas le froid sur ses jambes et oublia même la couleur chipolata de ses cuisses. Elle pensait. A quoi tu penses ? demanda la maîtresse en s'approchant du banc où elle était assise. A rien, dit Farida. Toi si bavarde d'habitude, te voilà toute seule, dit la maîtresse d'un ton soupçonneux. C'est que, dit Farida au hasard, j'ai envie de me recueillir. La maîtresse sourit. Au moins, tu te souviens des listes de vocabulaire. Tu es sûre que tu ne veux pas me dire à quoi tu penses ? Je vous l'ai dit, répondit Farida. Oui, dit la maîtresse, tu te recueilles. C'est ça, dit Farida puis elle ajouta : à cause de Noël. Tes parents sont croyants ? demanda la maîtresse interloquée. Je sais pas. La maîtresse la dévisagea. Tu devrais rejoindre les autres, dit-elle en s'éloignant.

Farida longea le grillage en faisant des grands pas, puis des petits pour changer. Arrivée à l'extrémité de la cour, elle repartit dans l'autre sens. Tu veux jouer à la princesse ? demanda Estelle Lebiec, mais c'était toujours elle qui prenait le meilleur rôle et d'ailleurs Farida en avait marre de jouer. Elle préféra marcher en repensant à la drôle de tête que faisaient ses parents hier soir devant le cabinet de toilette fermé.

Dès que la cloche eut sonné, elle se précipita vers la sortie et obligea les petits à marcher encore plus vite que d'habitude. La maison resplendissait autant que la veille. Allez vous laver les mains, dit la mère, mais déjà sa manière de commander n'était plus aussi ferme. Les enfants firent mine de croire que les bonnes résolutions dureraient et se lavèrent les mains au lavabo de la salle de bains sans broncher.

Profitant que la mère allait rejoindre les petits sur la banquette pour regarder la télévision, Farida retourna devant le cabinet de toilette condamné et inspecta la porte cherchant à y découvrir une piste, une trace. La porte sentait la poudre à récurer qui rend les portes nickel mais granuleuses au toucher. Farida y appuya sa tête et soudain sursauta. Enfouie sous l'odeur d'Ajax, elle détecta une autre odeur qui provenait du cabinet de toilette, une odeur étrange, vaguement écœurante. Qu'est-ce que tu fais encore à tourner autour de cette porte ? demanda le père qui la surprit. Rien, balbutia Farida. Que je ne te voie plus ici, dit-il.

La nuit, elle ne parvint pas à s'endormir et resta allongée les yeux grands ouverts près de sa sœur.

Pendant que sa mère habillait les petits dans l'entrée le lendemain, Farida se faufila dans la chambre des parents. Elle savait où se trouvait l'objet. La dernière fois, il était caché sous les pulls de son père, tout en haut de l'armoire. Elle grimpa sur la première étagère et laissa errer parmi les piles de linge sa main qui s'arrêta en rencontrant le velouté d'une peau de chamois généralement utilisée pour faire briller les chaussures. L'objet y était enveloppé. Elle tira et s'empara du tissu, mais il était flasque et vide. Farida était pourtant certaine que l'objet s'y trouvait l'été dernier lorsqu'elle l'avait découvert par hasard, on aurait cru un jouet à première vue, mais en le soupesant elle l'avait trouvé lourd pour un jouet. Après l'avoir rangé, elle s'était mise à la fenêtre mais il n'y avait personne dans la rue parce que tout le monde était en vacances. Elle n'avait pas osé raconter sa découverte à sa mère mais s'était souvenue que son père disait parfois qu'un homme d'honneur doit pouvoir régler ses comptes.

Maintenant, le tissu n'enveloppait plus rien. Elle fouilla encore parmi les pulls mais, dès qu'elle entendit des pas dans le couloir, referma la porte avec précipitation. Qu'est-ce que tu fabriques ici ? demanda la mère, je te croyais déjà partie. J'y vais, répondit Farida en empoignant les courroies de son cartable.

Pendant l'heure de la cantine elle tourna inlassablement dans la cour. Certaines camarades lui proposèrent de jouer, mais elle refusa en disant qu'elle en avait marre. L'après-midi, elle n'écouta rien de la leçon. Pour faire quelque chose, elle grattait les anciens chewing-gums collés sous sa table. La maîtresse s'en aperçut. Farida, tu fais le ménage ? Les autres se retournèrent en riant. Elle eut honte mais, lorsque la maîtresse cessa de lui porter attention, elle recommença. Elle aurait voulu que le dessous de la table soit propre, lisse au toucher, même si ça devait prendre du temps. Farida s'en moquait, du temps elle en avait beaucoup.

Elle se postait chaque soir devant le cabinet de toilette et attendait que les petits eussent jeté leurs chaussures dans le fouillis du placard. Lorsqu'ils avaient rejoint la télé, le calme s'installait et l'odeur, chaque jour plus forte et écœurante, s'échappait de derrière la porte. Au début, elle avait cru qu'elle provenait des chaussures et refermé soigneusement la porte du placard, mais ça ne changeait rien, l'odeur n'en était que plus nette.

Dis donc, on dirait que tu fous plus rien à l'école ? La mère la toisait, le cahier de classe à la main. D'habitude, elle ne le consultait pas. Je ne me fais pas de souci pour celle-là, disait-elle en lançant à Farida un regard plein de fierté. Alors, tu as vu tes notes ? Réponds-moi. Mais Farida, muette, ne put que regarder sa mère. Elles se tenaient juste à côté du cabinet de toilette, là où l'odeur, se disait Farida, était évidente, à force, sa mère en serait gênée et finirait par lui parler, par se confier à elle comme elle faisait toujours en lui demandant de l'aide, et Farida l'aiderait, si seulement elle lui faisait confiance. Tu ne réponds rien ? répéta la mère.

Le père prétendait lui aussi s'occuper les yeux quand il rentrait. Pendant de longs moments il fixait la fenêtre d'un air vague et triste que Farida ne lui connaissait pas.

Quant aux frères et sœurs, ils étaient trop petits, on ne pouvait pas leur parler, à part sauter sur les lits, ils ne savaient rien faire d'autre. A qui parler alors ? La maîtresse ? Elle vivait dans un monde de pantalons serrés et de mini-slips, et n'aurait pas su comprendre.

Quand la cocotte-minute se mit à siffler, la mère l'ôta du feu et la mit à rafraîchir sous un jet d'eau froide. Farida posa les assiettes disparates, les unes à côté des autres, certaines étaient ornées de motifs, d'autres pas. A la cantine elles étaient toutes pareilles, ça donnait envie de manger. Alors tu rêves ? lui dit sa mère en lui demandant de tendre son assiette qu'elle remplit d'un bourguignon fumant. Cette odeur de viande baignée de sauce brune lui en évoqua une autre. Elle se raidit, fourchette en l'air. Tu manges pas ? C'est trop chaud, dit Farida en surveillant son père qui entrait à la cuisine. On se crève, dit-il, et ils font les difficiles. Farida se força un grand coup et avala le bourguignon.

Lorsque tout le monde fut couché, elle se releva sans faire de bruit, et silencieusement rejoignit les toilettes où, enfin, elle put vomir.

Il faisait de plus en plus froid, à mesure que Noël approchait, même sous le préau. Un jour, les institutrices, au lieu de monter en classe, firent ranger tout le monde deux par deux. On attendit. L'horloge indiqua une heure et demie, puis deux heures. Elles fumèrent une cigarette en surveillant les aiguilles. Finalement, le klaxon retentit dans la rue où le car venait de se garer. Allons-y ! dirent les institutrices en ouvrant les portes du préau, ne vous bousculez pas ! Les élèves se bousculèrent malgré tout, comme à l'heure de la sortie, tandis que les maîtresses s'énervaient. Le chauffeur avait les joues rouges et ressemblait au père de Sylvie Giniesand. Faut pas s'énerver, disait-il en rigolant, mais l'institutrice de Farida passa devant lui en serrant les lèvres.

On aura à peine le temps, dit-elle à une collègue, surtout si on tombe dans les embouteillages.

Ils roulèrent pendant un long moment. Le chauffeur klaxonnait sans arrêt. On vous l'avait bien dit qu'il y aurait de la circulation, lui rappela la maîtresse.

Ils étaient très en retard et descendirent en vitesse du car pour rejoindre la queue des autres écoles qui attendaient devant les vitrines. La file avançait à petits pas dans l'après-midi glacé. Farida regarda des lapins animés et de grosses libellules robotisées qui volaient dans une jungle de papier, plus loin des princesses habillées en rouge promenaient leurs chiens. On passait tellement vite qu'on n'avait pas le temps de bien voir. Déjà un autre décor avec des cow-boys et puis un autre avec encore des animaux en peluche. La nuit tombait. Les trottoirs s'allumèrent, les arbres brillaient sous les guirlandes comme en été, tandis que là-haut le ciel tout noir abritait un père Noël auquel Farida ne croyait plus. Il fallut se rassembler pour remonter dans le car, il y en avait qui traînaient. Farida leur aurait bien foutu des claques parce qu'elle avait drôlement froid, au lieu de ça, les maîtresses piétinaient en faisant l'appel.

Il y eut à nouveau des embouteillages mais au moins on avait chaud. Farida regarda un peu par la fenêtre, puis, alourdis par la chaleur, ses yeux se fermèrent, mais elle ne s'endormit pas. La bande de Sylvie Giniesand occupait l'avant du car où elles supputaient ce qu'elles auraient à Noël, certainement pas tout ce qu'elles désiraient, d'ailleurs le père de Stéphanie Viaud était au chômage. Le mien aussi, dit Sylvie. S'il vous plaît, dit l'institutrice, parlez moins fort, il y a encore des petites classes derrière. La bande fit mine de se taire, puis se remit à parler de plus belle et les maîtresses qui discutaient à l'avant avec le chauffeur ne les écoutèrent plus.

Des parents attendaient devant l'école, lorsqu'ils arrivèrent. On s'est drôlement inquiétés, dit l'un d'eux, une heure et demie qu'on poireaute. Et il fallut leur expliquer les embouteillages. Farida pensa qu'ils faisaient des histoires pour rien et se dirigea vers son immeuble d'un pas nonchalant.

Te voilà, je commençais à m'inquiéter, dit sa mère en ouvrant, j'allais mettre mon manteau et partir à ton école. Pas la peine, dit Farida en accrochant son manteau à côté de celui des petits sur la patère surchargée. Viens manger. Pas la peine, dit Farida, ils nous ont donné des choses dans le car. Ah bon ? Oui, dit Farida, la mère de Sylvie Giniesand avait fait des gâteaux.

Il neigea. Les voitures garées devant les immeubles disparurent sous les couches successives de flocons, la rue était propre, d'une seule couleur. En se levant Farida s'émerveilla devant la netteté du monde, pas le genre bigarré des jours ordinaires. Elle se prépara en vitesse pour aller jouer dans la rue avant l'école, mais en passant devant le cabinet de toilette elle respira l'odeur écœurante et son envie de jouer disparut. Pendant la matinée elle essaya de décoller ce qui restait de chewing-gum sous sa table jusqu'à ce que sonne l'heure de la récréation qui lui donnerait l'occasion de revoir le blanc intense de la cour enneigée et de retrouver son atmosphère silencieuse, capitonnée par le froid. Hélas, l'homme chargé de l'entretien avait répandu du sel et la neige s'était rétractée vers les grilles qui clôturaient l'école, ne laissant au centre de la cour qu'un grand vide sale et gris où le désordre était de retour.

Au menu de la cantine il y avait de la galantine de dinde et de la bûche, ça n'empêcha pas Sylvie et ses copines de jouer les difficiles en disant que c'était dégueulasse. La directrice elle-même y goûta et souhaita un joyeux Noël à tout le monde en embrassant les institutrices. Peu après, conformément à ce qui avait été dicté à l'intention des parents dans le carnet de correspondance, les classes se mirent à "vaquer".

Farida ne se pressa pas pour rentrer. Elle prit son temps pour aller chercher les petits dont les manteaux étaient mal mis et les lacets défaits, mais Farida ne s'en souciait pas. Ils rentrèrent doucement. A partir de maintenant, ils seraient tous à la maison pendant quinze jours, sans le secours de l'école, et naturellement l'odeur du cabinet de toilette ne ferait qu'empirer.

Sans s'essuyer les pieds, ils entrèrent dans l'appartement et jetèrent pêle-mêle leurs manteaux au milieu du salon où gisaient déjà les journaux du tiercé du week-end. La propreté immaculée de Noël n'avait pas duré chez eux non plus, mais le frigo était rempli de charcuterie et de bûches de Noël. Ne touchez à rien ! dit la mère d'un air féroce à ceux qui désobéissaient, c'est pour demain ! Vive Noël ! crièrent les enfants en s'éparpillant comme une nuée d'Indiens après l'attaque ratée de la diligence.

Le jour du réveillon la mère refit le ménage à fond et les enfants prirent un bain vers sept heures. Ils mangeraient tard en buvant du mousseux et resteraient autour de la table aussi longtemps qu'ils pourraient à parler, à regarder les variétés de la télévision où des femmes vêtues d'une ficelle entre les fesses leur souhaiteraient bonnes fêtes. Farida avait rejoint sa chambre pour regarder à la fenêtre sans s'arrêter devant le cabinet de toilette dont elle avait la veille tenté de crocheter la serrure à l'aide d'un cintre en ferraille. Maintenant, elle renonçait.

Il n'y avait, comme d'habitude, rien à voir à la fenêtre, surtout ce soir où dans les immeubles alentour, tout le monde s'était réuni pour boire du mousseux en laissant la rue plus désertique qu'à l'ordinaire. On n'y voyait que le ciel, noir, inhabité, sauf s'il y avait Dieu.

Elle s'allongea sur son lit pour mieux réfléchir. On se sent comment lorsqu'on est mort ? se demanda-t-elle. Bien, admettons qu'on soit mort. Les rideaux de la chambre, le couvre-lit, la couleur des murs, le mur lui même, le lit, tout cela n'existait plus. On était dans la mort. On était dans le rien. Elle essaya d'imaginer le rien en fermant les yeux. A l'intérieur de ses paupières, il faisait tout noir, mais ce n'était pas du rien, c'était du noir. Le noir était encore une couleur. Elle se concentra à nouveau, mais décidément, même en faisant un effort, on ne pouvait imaginer la mort.

Elle soupira.

Peu à peu, ses yeux se fermèrent et finalement elle s'endormit. Mais son sommeil était parcouru de frissons, de ces sursauts très brusques que l'on ressent lorsque l'on manque une marche et que l'on tombe très, très profond. Dans le puits, elle entendit des chuchotements, des ombres la frôlèrent, et puis des chuchotements à nouveau. Il faisait noir. Et soudain, la lumière jaillit et les cris. Venez voir, venez voir ce que le père Noël vous a apporté, disait la mère. Les enfants couraient tous dans le couloir en poussant des hurlements de joie. Farida entendait le vacarme et les exclamations de surprise qui parvenaient du séjour. Elle se leva et les rejoignit devant le sapin qui clignotait au-dessus des cadeaux amoncelés comme un butin, les rubans doré et rouge, les boîtes volumineuses dont les enfants déchirèrent l'emballage avec une vigueur frénétique. Il y avait des vélos, des jouets électroniques, des poupées aussi. En s'approchant, Farida remarqua aussi la boîte de "Chiffres et des Lettres" du père Noël de la mairie, mais tout le reste provenait de leurs parents. La mère s'approcha. Ça te plaît ? Farida, sans avoir ouvert son cadeau, opina au hasard. Si tu savais, murmura la mère, ce qu'on s'est décarcassés. Farida la regarda d'un air soupçonneux et remarqua à ce moment-là que l'odeur était revenue et envahissait maintenant le séjour de ses effluves doucereux qui tordaient l'estomac. C'était bien elle, la même odeur écœurante. Farida se précipita vers le cabinet de toilette et trouva la porte grande ouverte. Elle y entra. La pièce était comme à l'ordinaire avec son lavabo, son porte-serviettes, l'odeur étrange n'y flottait plus qu'à peine. Elle remarqua quelques boîtes vides empilées sur le sol et se baissa pour les examiner. Il s'agissait de l'emballage des crottes en chocolat de la mairie. Elle les renifla machinalement et comprit soudain d'où provenait l'odeur écœurante.

De soulagement, Farida s'élança vers sa mère et son père, mais s'arrêta devant eux sans savoir quoi leur dire. Ça te plaît pas, tes cadeaux ? demanda le père. Si, répondit-elle. Laisse, dit la mère, elle vient de se réveiller. Moi, dit le père, quand j'avais son âge et qu'on me réveillait, c'était pour m'envoyer garder les moutons ! Laisse donc, répéta la mère, tu vois bien, elle est contente. Oui, dit Farida qui s'assit sur la banquette du salon parce que, tout à coup, la fatigue la submergeait et qu'enfin, elle pouvait se reposer dans l'odeur des crottes en chocolat de Noël.

A FOND LES BALLONS !

Jean-François avait téléphoné à droite et à gauche en laissant des messages sur les répondeurs des pigistes, mais apparemment aucun n'était à Paris. Tous en vacances, comme des fonctionnaires. Qu'on ne vienne donc pas lui raconter qu'ils couraient après le travail. Il s'assit à son bureau en faisant tourner les pages de son répertoire, puis il soupira et le rejeta dans un coin. Son assistante choisit ce moment pour venir lui exposer un problème de calibrage sur le numéro d'avril. Il était treize heures, la faim et la mauvaise humeur le tenaillaient. Le papier sur Nancy n'était pas réglé et il ne trouvait personne à mettre dessus. Il se mit à jouer avec un élastique qui traînait sur son bureau en contemplant les étagères surchargées de dossiers jetés dans le désordre. De la fenêtre lui parvenaient les bruits de la rue où le chaos des gens et des voitures produisait cet immense sentiment d'imprévu qui lui rappelait sa jeunesse quand il fonçait sans savoir vers où. Il revint à son problème de calibrage en s'allumant une cigarette, la première de la journée, car il se rationnait. Lorsque Bianca entra dans la pièce, la cigarette était presque consumée. Il allait mieux.

Il la fit asseoir et jeta un coup d'œil sur le papier qu'elle lui apportait. Dix feuillets, au moins, qu'il parcourut en sachant qu'il n'irait pas au bout tout de suite.

— Ça fait combien de temps que tu travailles pour nous ?

— Trois mois, ou un peu moins.

— Plutôt un peu moins, reprit-il avec un sourire.

Elle sourit à son tour.

— C'est bien ce que je pensais, dit-il.

Il avait l'air pensif et, tout en tirant sur son élastique, se mit à la regarder sans la voir, comme s'il cherchait à travers elle la réponse à un problème dont la nature même lui échappait.

— Bon, soupira-t-il.

Le reportage à Nancy consistait à rendre visite à une demi-douzaine de PME, d'interviewer aussi les notables, quelques politiques ainsi que d'anciens ouvriers sur le thème de la reconversion réussie de la région Lorraine. Il faut qu'on sente à travers l'enquête, disait Jean-François, que la vie renaît grâce aux petites boîtes qui seules sont capables de redonner du souffle à l'économie locale. Tu me suis ?

Elle acquiesça. Il voulait des informations positives. Sans être malhonnête, un bon pigiste doit savoir bricoler ces choses-là.

— Si tu partais demain, ce serait parfait. Evidemment, tu seras payée en conséquence.

Si elle le dépannait aujourd'hui, les piges se multiplieraient à l'avenir et elle ne voyait d'ailleurs aucun inconvénient à partir sur-le-champ s'il le désirait.

— Parfait, répéta-t-il en se levant, si tu veux une avance pour la voiture arrange-toi avec la comptabilité.

— La voiture ?

— Oui, dit-il, tu peux prendre la tienne ou en louer une, ça m'est égal.

— Ah, dit-elle, il n'y a pas d'autres moyens ?

— Pas si tu veux circuler une fois sur place, non, je ne vois pas.

— Alors, ça risque d'être difficile.

— Et pourquoi donc ? Il était légèrement agacé.

— Parce que je ne sais pas conduire.

Ne pas savoir conduire à trente ans, on aura tout vu. Comme s'y prendrait-elle pour faire carrière dans le journalisme sans permis ? En métro ? En autobus ?

— Il y a le téléphone, avait-elle rétorqué crânement.

Il avait levé les yeux au ciel et l'avait congédiée. Hypocrite, pensa-t-elle.

Depuis le temps qu'il ne bougeait plus de sa chaise pivotante, sauf pour les grandes occasions, et encore ! On était à la fin du vingtième siècle, tout le monde avait un fax et un modem sur l'ordinateur. Le permis, c'était dépassé, de la rigolade lorsqu'on maîtrisait tous les autres moyens. De la rigolade, exactement ! N'empêche qu'elle ne l'avait pas, ce permis, et que l'occasion de faire un reportage bien payé venait de lui passer sous le nez.

En rejoignant le rez-de-chaussée, elle se sentait écrasée. Elle n'était qu'une vieille enfant qui n'avait pas su faire les choses en temps et en heure. Un bon écolier a de bons outils, ou était-ce l'ouvrier ? Qu'importe, ils avaient tous leur permis.

Elle s'aperçut qu'elle pensait à haute voix. La standardiste l'observait d'un air amusé. Bianca s'approcha de son cagibi.

— Et toi ? Le permis, tu l'as ?

— Oui, dit la fille un peu étonnée.

— Depuis combien de temps ?

— Je l'ai eu pour mes dix-huit ans, mon père m'avait payé les leçons en guise de cadeau.

— Il a bien fait.

Bianca se retrouva dehors. En se dirigeant vers le métro, elle avait conscience de la petitesse de ses pas. Comment se faisait-il que personne dans son entourage n'ait songé à lui offrir un permis ? Des livres, des abonnements aux journaux, elle en avait eu des flopées, et même un stylo en or. Mais le permis, non. Et Bianca ne s'en était jamais souciée, ayant d'autres préoccupations : une licence, puis une maîtrise d'histoire brillamment obtenue. Que tout cela ne débouchât sur rien de concret n'avait pas d'importance. La mécanique du monde, c'était pour les gars qui redoublent leur terminale ou les boutonneux complexés, les futurs comptables et tous les minables sans cervelle. Seulement, petit à petit, tout le monde l'avait eu, son permis. Tandis qu'elle restait au bord de la route.

Lorsque la porte automatique se referma sur elle dans le métro, elle inspecta la tête des usagers : pas de doute, c'était une population d'handicapés.

Evidemment, sans un sou devant elle, avec en plus cette pige qui venait de lui échapper, ce serait difficile. D'ailleurs, tout était ainsi. Les autres avaient depuis belle lurette un plan d'épargne logement et des SICAV achetées sur les conseils de leurs banquiers. Sauf nous, grinçait Thomas de temps en temps, à l'allure où ça va, nous finirons SDF. Il devenait nerveux et ce manque de préparation dans leurs affaires l'ennuyait ; vivre au jour le jour, ça va un temps mais pour lui maintenant la précarité avait perdu son charme. Ses collègues achetaient des maisons individuelles et lui avait une femme qui ne savait pas conduire.

Il ressassait.

Le café fumait dans les tasses, il était huit heures, dans quelques minutes il partirait dans sa voiture.

— Je te l'avais pourtant bien dit de le passer avec Cécile, lança-t-il.

— Tu ne m'as jamais rien dit. D'ailleurs peut-être que ça t'arrangeait de me laisser comme ça.

— Comment, comme ça ?

— Handicapée ! s'écria-t-elle.

Il s'arrêta de nouer sa cravate.

— Tu es sûre que ca va ?

— Je vais bien, merci, reprit-elle.

— Si je comprends bien, tu ne conduis pas à cause de moi ?

Elle ne répondit pas.

— Tu vois, même toi, tu n'y crois pas.

Elle se leva pour débarrasser.

La concierge venait de glisser le courrier sous la porte. Bianca le ramassa. Des prospectus, des factures, encore des prospectus qu'elle posa sur le frigo en contemplant la profusion d'éléments électroménagers qui meublaient la cuisine, l'organisation impeccable des boutons, poignées, tuyaux, robinets, la blancheur unanime des placards, du lave-vaisselle, du four à micro-ondes. Bianca, ses factures à la main, comprit soudain qu'elle feignait de vivre en invitée dans un monde qui tôt ou tard finirait par exiger qu'elle paie sa part.

Il était temps de s'attaquer au problème.

D'abord, il était largement temps qu'ils se mettent à faire des économies, elle et Thomas, les factures en attestaient. De plus, n'ayant rien dans leurs métiers et leur mode de vie qui apparentât aux "catégories sociales défavorisées", ils ne bénéficieraient d'aucune circonstance atténuante au cas où ils s'entêteraient à manœuvrer leur barque comme des collégiens.

Il lui faudrait pour commencer s'enquérir d'un endroit où apprendre à conduire.

Le plus simple eût été de consulter le minitel, mais Bianca n'y pensa pas. Elle enfila son manteau et descendit repérer les auto-écoles du quartier en choisissant d'abord un grand axe, comme le boulevard Magenta où, lui semblait-il, ce genre d'établissement devait exister. Du métro Jacques-Bonsergent jusqu'à la gare de l'Est elle longea les boutiques, les boulangeries et pressings sans trouver son bonheur. Il régnait une aigre grisaille de fin mars entrecoupée de violentes éclaircies qui bousculaient la matière pâteuse de l'hiver et annonçaient le retour prochain des beaux jours. Les files congestionnées et klaxonnantes des véhicules arrêtés au feu rongeaient leur frein en attendant le signal où tous se jetteraient à l'assaut des petites rues voisines qu'ils envahiraient de biais, en ligne droite ou en marche arrière. Bianca détourna son regard de la chaussée.

Une enseigne auto-école agrémentée d'un "CER", sigle dont Bianca ignorait la signification, clignotait à une centaine de mètres. A l'intérieur de la boutique, une grosse dame blonde à lunettes fumées lui expliqua en tirant sur l'ourlet de ses manches que CER voulait dire "Centre d'enseignement routier".

— Vous trouverez bien sûr toutes sortes de soi-disant professionnels de la conduite, mais très peu ont vraiment les compétences, énonça-t-elle.

Le CER, en conclut Bianca est donc une estampille de qualité comparable au label rouge ou noir décerné aux poulets et autres viandes. En tirant derechef sur les manches de sa robe, la dame lui donna les tarifs et ouvrit un cahier sans plus attendre.

— Pour quand la première leçon ?

Elle avait les yeux écarquillés derrière ses lunettes, la bouche un peu tombante car tout cela lui faisait à l'évidence perdre un temps précieux.

Bianca bafouilla qu'elle aimerait réfléchir. La dame tira à nouveau sur ses manches en gardant son stylo levé.

— Réfléchir à quoi, mademoiselle ?

— Simplement réfléchir, dit Bianca aussi fermement que possible en reculant vers la porte.

— Ces merdeux qui ne savent pas se diriger dans la vie, murmura la dame quand elle fut sortie, il faut en plus qu'ils se moquent du monde !

Il aurait été décidément plus simple d'avoir recours au minitel ou de se renseigner par téléphone.

Bianca se retrouva dans une rue minuscule du 20ᵉ arrondissement, si obscure que la lumière pour descendre jusqu'au trottoir devait se rapetisser, un peu comme un yogi se contorsionne pour entrer dans une boîte à chaussures. Entre un coiffeur pour hommes et une épicerie arabe, l'échoppe ne payait pas de mine. Mais la formule "code illimité + quarante heures de conduite avant présentation au permis" était bon marché.

Bianca poussa la porte vitrée. Une dizaine de têtes étaient tournées vers un écran sur lequel défilaient des situations courantes de la conduite automobile tandis qu'une voix enregistrée proposait les solutions a, b ou c. Tous assis, les candidats croisaient et décroisaient les jambes en essayant d'inscrire la bonne réponse sur une feuille, leurs pieds foulaient impatiemment une moquette usée souffrant par endroits de véritable pelade, preuve que l'apprentissage du code rend nerveux. Au bout d'un moment, l'écran s'éteignit tandis que la bande-son souhaitait à l'assistance "bon succès" pour l'examen. Une expression impropre, se dit Bianca, mais déjà une belle fille brune s'approchait pour lui demander ce qu'elle désirait. Bianca s'inscrivit et donna un chèque d'acompte. La belle fille brune, qui s'appelait Patricia et portait un gilet en cuir par-dessus sa poitrine opulente, accrocha le chèque à son dossier.

A partir de ce jour, Bianca rejoignit trois fois par semaine les têtes dressées dans la pénombre, foula à son tour la moquette d'un talon impatient lorsqu'elle doutait de la réponse à donner. Les questions lui semblaient imprécises, d'une logique discutable puisque toutes sortes de possibles étaient envisageables dans chaque situation. Les photos se succédaient : "Je suis sur une route de campagne la nuit, est-ce que je dois rouler avec mes ceci ou mes cela ? Je suis en agglomération à proximité d'une école, que fais-je ?"

— Il n'y a pas d'école en vue sur l'écran, remarqua Bianca.

— Vous vous posez trop de questions, répondit Patricia d'une voix rauque, légèrement cassée, qui allait admirablement avec son tour de poitrine et ses cheveux noirs.

On lui présenta son moniteur, un garçon plus jeune qu'elle, avec des joues rouges et la mâchoire carrée. Outre la conduite automobile, il enseignait également à rouler à moto comme en témoignait le casque abrité sous son bras et les grosses bottes qui lui montaient aux genoux. Derrière ce gars en grosses bottes aux allures de garde champêtre, elle avait détecté le petit morveux, un peu grassouillet sous sa veste rembourrée.

Il lui indiqua le matériel de bord : le levier de vitesse, les pédales d'accélération, d'embrayage, de frein. Lui expliqua que les roues commandées par les freins moteurs leur obéissaient à condition qu'on ne leur donne pas d'ordre contradictoire.

— Par exemple, dit-il en se garant dans une jolie rue du 12e arrondissement plantée d'arbres, par exemple, lorsque vous roulez, vous entraînez la rotation des disques qui se frôlent ou se séparent suivant la conduite, vous me suivez ?

— Je crois.

— Parce que si vous ne suivez pas, il faut le dire tout de suite, c'est très important, autrement vous serez perdue après. Alors, vous voulez que je recommence ?

— Non, non, allez-y, vous expliquez très clairement.

— Je fais de mon mieux, dit le moniteur.

Ses joues avaient rougi, sa mâchoire s'était crispée en signe de fierté professionnelle.

Il continua à dérouler ses explications.

Ses comparaisons, ses anecdotes sur les facéties du frein moteur, les mystères de la décélération et les périls du freinage intempestif. Il avait probablement interrompu ses études de bonne heure et l'emploi de mots adéquats, voire précieux, dans un domaine de haute technicité lui donnait sa revanche.

Il aurait pu être sympathique.

Seulement voilà, il l'emmena au bois de Vincennes.

La route était large et lisse. Il n'y avait personne sur les deux voies. Autour, les arbres. Sans autre préambule, il lui colla le volant entre les mains, l'obligea à mettre le contact et à démarrer. Le véhicule se mit à zigzaguer. Des embardées de plus en plus vertigineuses menèrent la Super 5 diesel au bord du chaos, le cœur de Bianca cognait, sur le volant en skaï qui glissait, glissait infiniment, ses mains étaient mouillées.

— A dix heures dix ! hurlait le moniteur.

— Quoi ? hurlait Bianca.

— Les mains ! A dix heures dix, nom de Dieu !

Il lui replaça les mains sur le volant, qu'il remit également dans la bonne direction d'une simple pichenette. La voiture repartit tout droit. Mais le volant glissait à nouveau, la Super 5 recommençait à se perdre. Les mains ne savaient plus quelle heure il était. Le moniteur gueulait et ses gestes étaient de plus en plus secs. Sans cesse il la ramenait dans le droit chemin, et aussitôt la direction, pourtant fermement indiquée, se mettait à osciller, puis tanguait franchement entre ses mains à elle, sans autorité. Il lui attrapa le poignet droit qu'il serra avec brutalité, communiquant dans cette étreinte toute l'exaspération dont il était capable tandis que les indications se faisaient plus impérieuses : Allez tout droit, je vous dis ! Et les noms de Dieu pleuvaient dans la Super 5. Dehors aussi il pleuvait, et les arbres s'égouttaient en silence.

De retour à l'auto-école, dans la petite rue du 20ᵉ embouteillée et rassurante, ils se serrèrent la main. Celle de Bianca était toujours mouillée.

— Ça s'est bien passé ? demanda Patricia en penchant vers la portière son buste panoramique.

— Pas trop mal, dit le moniteur, d'une voix redevenue calme, elle n'avait jamais touché un volant.

Ils se regardèrent elle et lui.

Bianca eut honte d'avoir été aussi inculte vis-à-vis du volant gainé de faux cuir de la Super 5, auquel, au dire de tout le monde, on faisait exécuter ce que l'on voulait. Dont on se rendait maître.

Elle apprit à démarrer et passer les vitesses, mais il semblait qu'elle ne progressait pas assez vite en comparaison des autres candidats. Pourtant vous n'avez pas soixante-dix ans, feignait de s'étonner le moniteur. Il avait pris ses aises avec elle et dès qu'ils étaient installés, portes fermées, dans la voiture, le ton se durcissait. Elle était nulle. Mauvaise en tout. Il lui faudrait quarante heures de conduite au moins, et encore, précisait-il, quarante heures, je ne sais pas si ça ira. Il avait raison, quarante heures, se disait Bianca, ça semble peu pour pouvoir s'élancer un jour, seule, sur la route.

Elle gardait pour elle ces considérations.

Le soir, Thomas lui demandait comment les choses se passaient. Il était content qu'elle apprenne. C'était un pas dans la bonne direction, hein ? lui disait-il, en lui prenant l'épaule tandis qu'à la télé le journal de vingt heures leur donnait des nouvelles du monde. Bianca commentait alors avec aisance la baisse du dollar et la relance des exportations américaines. Elle et Thomas étaient intelligents et se mouvaient à l'intérieur d'idées complexes sans audace incongrue, mais sans timidité. Ils poussaient des soupirs excédés devant l'éclairage biaisé d'un sujet, les reportages mal foutus des journalistes.

— Si tu as ton permis cet été, je te laisserai conduire ma voiture, lui dit Thomas un soir, croyant lui offrir un cadeau rare.

Mais elle songeait à la prochaine leçon avec son moniteur à la gueule carrée et ne répondit pas.

Elle n'avait pas le moindre soupçon de ce qui l'attendait la première fois qu'ils se rendirent sur le périphérique. Après qu'ils eurent tourné et retourné sur un circuit planté de toutes sortes de commandements, d'interdictions d'aller à gauche, puis à droite, et d'injonctions diverses, elle découvrit la bretelle d'accélération au dernier moment comme un jeune soldat débouche brutalement sur le champ de bataille. Des hordes de véhicules étaient lancées à toute allure sur sa gauche, des bolides à l'intérieur desquels se dessinaient le profil des conducteurs, hommes et femmes aussi hiératiques que des statues ou des panneaux de signalisation. L'estomac de Bianca se tordit. Ses mains se rétractèrent, abandonnant la boîte de vitesses, son pied flotta nerveusement au-dessus de la pédale du frein. Mais le moniteur avait déjà usé du privilège de la double commande et enfonçait l'accélérateur.

— Foncez, ne ralentissez surtout pas, c'est comme ça qu'on crée des accidents !

— Je vais où ? Je fonce où ? Vous voyez bien qu'il y a du monde ! répondit Bianca.

Elle était très pâle et pâlissait encore à mesure que se rapprochait l'entrée de l'étrange piste.

— Ils vont vous laisser passer, vous êtes prioritaire.

Bianca, qui n'en croyait pas un mot, se demandait par quel miracle la Super 5 s'insinuerait dans ce flot démentiel pour y trouver une place. Elle se voyait déjà percutant l'un des bolides, l'un de ceux, peut-être le seul, qui ne céderait pas le passage. Un instant d'humeur et de relâchement, il n'en fallait pas plus. Comment savait-on à ce moment-là si le conducteur était luné correctement, si depuis le matin l'envie d'en finir ou tout simplement d'emmerder le monde ne le taraudait pas ? Mais il suffisait au moniteur de connaître la loi, de savoir qui serait dans son tort et qui serait remboursé intégralement par les assurances en cas de pépin, voire de funérailles. L'idée même d'un dérapage, d'une anomalie dans le déroulement de la gigantesque parade ne l'effleurait pas. Il connaissait son métier.

— Repérez une place pour vous insérer dans le trafic ! aboya-t-il.

Bianca ne voyait rien qui ressemblât à "une place", un ruban infini de véhicules se déroulait sous ses yeux avec une monotonie de cauchemar.

Le moniteur accéléra encore et prit le volant en surveillant à gauche les voitures qui fonçaient. La Super 5 se déporta en douceur, et ils se glissèrent au milieu des autres. Le compteur marquait cent vingt.

— Voilà, dit-il, ce n'est pas bien compliqué.

La pâleur de Bianca avait viré au cireux. Maintenant la machine montrait sa vraie nature et menait la danse, il fallait la suivre où que ce soit, se mettre à son rythme. Les autres conducteurs, sourire aux lèvres, avaient sûrement allumé leur radio et regardaient défiler d'un air tranquille le paysage derrière les vitres, comme au cinéma.

— Vous voyez bien qu'on y arrive ! dit le moniteur. Bon, de toute façon, on va le refaire. Faut vous habituer, vous mettre à l'aise.

— Je crois que c'est suffisant pour aujourd'hui, dit-elle d'une voix aussi ferme que possible tandis que ses mains toujours tremblantes essayaient de garder le volant à dix heures dix au-dessus d'un moteur lancé à cent trente.

— Non, je vous assure, il reste vingt minutes de leçon. Allons-y. Rabattez-vous sur la droite. Tenez, je vous dis, n'ayez pas peur... Bon, c'est encore moi qui vous aide... on se demande pour quoi vous êtes là... Si vous ne faites pas d'effort, on n'en sortira pas. Doublez ce camion.

C'était un convoi de trente mètres de long, un monstre préhistorique, dont les divers tronçons se trémoussaient dangereusement comme les dragons du Nouvel An chinois.

— Nom de Dieu, mais doublez-le !

La Super 5 était maintenant à hauteur des roues du poids lourd, des masses énormes, qui les auraient broyés sans vergogne. Le dépassement parut interminable à Bianca, qui pourtant accéléra, conformément aux instructions du moniteur. La vitesse n'était pas dans sa nature, ce n'était pas le rythme d'une vie normale, celle qu'elle aurait pu mener si son rédacteur en chef ne l'avait regardée avec mépris parce qu'elle ne savait pas conduire.

De retour à la boutique, le visage encore blême, elle se dirigea droit sur Patricia pour exiger qu'on lui changeât son moniteur, celui-ci était décidément trop brutal.

— L'ensemble du dispositif des autoroutes, résuma-t-elle devant Thomas le soir même, reposait sur un leurre. Sur la notion, parfaitement inacceptable que plusieurs milliers d'individus puissent réagir avec une discipline sans faille au même moment, ce qui était proprement impossible. Car, lançait-elle à Thomas, le doigt levé, le sourcil prompt à marquer les points forts du discours, le périphérique ne fonctionne qu'à cause de l'illusion collective de la rationalité des individus, ce qui, lorsque l'on observe ses congénères avec un peu d'attention, est à mourir de rire. On ne fait pas forcément confiance à son voisin lorsqu'il est piéton, mais lorsqu'il est au volant sur l'autoroute qui nous protège de ses états d'âme ? Personne. L'état d'âme n'existe pas sur l'autoroute. Aucun dispositif n'est prévu pour ça, ni pour la fatigue d'ailleurs. C'est parce que rien n'est prévu, ou parce que tout semble avoir été prévu de travers, qu'il y a des morts sur la route, tu me suis ? C'est pourtant évident ! Le système de l'autoroute automatise la mort, celle des âmes pour commencer, et il institue également une perte naturelle en viande pure, si l'on peut dire, inévitable, comme on admet des déchets dans le traitement bien huilé de la matière première.

Quand elle eut achevé sa tirade, elle baissa les bras et se ratatina dans un fauteuil. Thomas la contempla un instant.

— Il y a du vrai dans ce que tu dis, dit Thomas. Et c'est embêtant parce que je suis moi-même conducteur.

— Je ne voulais pas te vexer.

— Ce n'est rien, dit Thomas, il y a quand même du vrai dans ce que tu dis.

Mais il pensa que ces derniers temps, elle avait sans doute travaillé trop dur et qu'il faudrait qu'elle se repose.

Le nouveau moniteur s'appelait Jean-Louis, il avait une quarantaine d'années et les yeux jaunes.

— Par ici, je vous prie, lui lança-t-il, pour l'inviter à rejoindre la voiture.

Il ouvrit la porte vitrée de la boutique et s'effaça pour la laisser passer. Sur le trottoir, l'ancien moniteur venait de descendre d'une moto accompagné d'un jeune type au visage aigu et farouche de futur motard. L'ancien moniteur sourit à Jean-Louis d'un air entendu.

Bianca se dirigea vers la voiture, la tête haute.

Avec Jean-Louis, elle n'alla pas sur l'autoroute, ni nulle part à vrai dire. Ils tournèrent dans l'arrondissement et les quartiers limitrophes. Jean-Louis avait ouvert la fenêtre, son bras orné d'une grosse gourmette en or pendait le long de la portière.

— Alors, comme ça, vous n'aimez pas la vitesse.

Bianca réfléchit à une réponse nuancée, un point de vue synthétique sur son problème.

— Non, dit elle.

— C'est embêtant, ça, de ne pas aimer la vitesse quand on apprend à conduire.

Il tripota sa gourmette.

— Très embêtant.

Elle rétrograda en arrivant à un feu.

— Mettez-vous au point mort. Vous l'oubliez souvent, le point mort.

— Je sais.

Il passa sa main dans l'échancrure de sa chemise largement ouverte et se massa le sein.

— Prenez à gauche après le feu.

Il continuait de se masser le sein.

— Si vous n'aimez pas la vitesse, alors vous aimez la flânerie ?

— J'ai besoin d'avoir le permis pour mon travail, un point c'est tout.

— Ne vous fâchez pas. Je me renseigne sur vous, pour mieux vous connaître. Rien de mal à ça.

— Je vais où maintenant ?

— Tout droit, puis deux fois à gauche après la boulangerie, là-bas.

— Quelle direction ?

— Vous verrez, un coin que j'aime bien.

Elle s'engagea sur un rond-point qu'elle contourna sans difficulté jusqu'à ce qu'un type tente de lui couper la route par la gauche. Loin de lui céder la place, elle lui bloqua le passage. Le conducteur sortit la tête par la portière.

— Pousse-toi, connasse ! lança-t-il.

— Tu rêves, gros tas ! rétorqua Bianca.

Le gros tas en question vira au violet et sortit de sa voiture.

— Qu'est-ce que t'as dit, connasse ?

— Ne lui répondez pas, on s'en va ! dit Jean-Louis précipitamment.

— Pourquoi ? C'est lui qui m'a refusé la priorité. Il est dans son tort, répondit Bianca, heureuse de pouvoir replacer la logique du code de la route dans un contexte parfaitement justifié.

Le conducteur furieux se rapprochait.

— Foutons le camp ! dit Jean-Louis en démarrant la voiture.

C'est lui qui passa la première, et lança la voiture hors d'atteinte du gros tas qui les regarda s'éloigner en leur faisant un bras d'honneur.

Bianca ricanait.

— Je ne vois pas ce qu'il y a de drôle, lui dit Jean-Louis.

— Moi si.

Il se rencogna sur son siège et se remit à regarder dehors. Ses deux mains posées sur ses genoux, la gauche, sans gourmette en or, venant de temps à temps orienter le volant ou mettre le levier de vitesse au point mort quand la voiture patientait au feu.

Au bout d'un moment il sortit de son mutisme, comme s'il avait réfléchi.

— Vous avez peur de la vitesse, mais vous n'avez pas peur de chercher des emmerdements.

— Quels emmerdements ?

— Ce type-là, tout à l'heure, ça aurait pu mal tourner.

— Pourquoi voulez-vous que ça tourne mal ?

— Je ne sais pas, moi, il avait peut-être une arme.

— Ça m'étonnerait, dit Bianca, et puis, ça fait partie de la vie, c'est un risque à prendre.

Elle se mit de nouveau à ricaner. La voiture dont elle négligeait depuis un moment le tempérament eut un soubresaut et cala. Ils étaient sur la pente ascendante de Ménilmontant.

— Mettez le frein à main, ordonna Jean-Louis, et arrêtez de vous marrer comme ça.

Elle fit ce qu'il disait. Et redémarra la voiture.

— Vous voyez, dit-elle, tant qu'on s'engueule comme ça, par la portière, ce n'est pas bien méchant. C'est l'autoroute qui est terrible.

— C'était donc ça, fit-il, tel le commissaire Maigret qui vient de résoudre une énigme.

Seulement, ce n'est pas en vous engueulant en agglomération que vous saurez rouler sur l'autoroute, sûr et certain. Ce que j'en dis, c'est dans votre intérêt. Autrement, il vaudrait mieux que vous achetiez une petite voiture électrique qui dépasse pas le soixante, puisque vous aimez rouler en agglomération.
— Ce serait une idée, dit Bianca.
— L'ennui, c'est que c'est cher.
A l'entrée du Père-Lachaise, les visiteurs affluaient. Une femme court vêtue attira le regard de Jean-Louis qui s'attarda longuement sur elle.
— Vous savez ce dont j'ai toujours rêvé ? dit-il.
— Non, répondit-elle stupidement.
— J'ai toujours rêvé de faire l'amour dans un cimetière.
Elle se remit en première et longea l'enceinte du Père-Lachaise.
— C'est vrai, les cimetières c'est érotique, vous ne trouvez pas ? Vous n'êtes pas bien causante, soupira-t-il, en corrigeant légèrement le volant. Remarquez, vous n'êtes pas obligée de parler. Mais comme vous n'aimez pas la vitesse, j'ai pensé que le calme, les cimetières, ça devait vous correspondre.
Il partit d'un grand rire en plongeant la main sous sa chemise pour se masser le sein.
Bianca mit le clignotant, se rangea contre le trottoir et sortit en laissant la portière grande ouverte tandis que le moniteur continuait à rire en lui disant que, tout de même, on pouvait bien blaguer.

Sans permis de conduire, elle continua d'exercer son métier de pigiste. Elle n'était pas allée à Nancy, et ne ferait probablement jamais de papier sur la restructuration du bassin lorrain, mais les journaux regorgeaient de sujets que l'on pouvait traiter en prenant le métro.

Elle crut qu'elle pourrait oublier les auto-écoles, les démarreurs et les leçons de code. Cependant il lui arrivait d'observer des voitures sur la chaussée en évaluant avec minutie leur parcours parmi les feux et les obstacles, leur discipline à l'égard des interdictions de tourner, des sens uniques et des embouteillages. Elle s'arrêtait pour observer l'exécution d'un créneau qui exigeait une habileté d'orfèvre.

Le printemps s'était installé avec ses soirées chaudes et poussiéreuses comme on les aime en ville et le métro devenait insupportable. Elle se réinscrivit au permis dans une auto-école de son quartier en expliquant qu'elle voulait apprendre à conduire mais que, forte d'une première expérience malheureuse, elle refuserait d'être brutalisée. Le patron, un Martiniquais entre deux âges, s'empressa de l'assurer que chez lui ça ne marchait pas ainsi : son personnel, très compétent, ne molestait jamais les clients.

Elle le regarda avec méfiance, mais s'inscrivit.

Ledit personnel lui apparut deux jours plus tard sous les traits d'un jeune homme grand et calme, aux traits réguliers, qui s'appelait Pascal.

Il la questionna sur les leçons qu'elle avait prises et ce qu'elle savait déjà de la conduite et du code. Elle n'évoqua qu'une partie de ses difficultés afin qu'il ne la considère pas comme une attardée.

— Ce n'est rien, vous savez, des tas de gens ont du mal à apprendre. Ma mère par exemple, elle l'a passé cinq fois son permis.
— Elle l'a eu ?
— Oui, parce que l'inspecteur était un pote à moi. Autant dire qu'il le lui a donné.
— Mais alors, elle n'est pas vraiment compétente ? Pour conduire, je veux dire.
— Ni plus ou ni moins que les autres. Tout ça, vous savez, ce sont des histoires de gros sous.
— Mais si elle fait de lourdes fautes, si elle met la vie d'autres personnes en danger ?
— N'importe qui peut faire de grosses fautes, même moi, dit il en souriant. Ça devrait vous décontracter.
— Quoi donc ?
— De savoir que tous ceux qui conduisent ne sont pas des pilotes de formule 1.
— Je ne trouve pas ça encourageant, au contraire.
— Vous avez vraiment besoin d'être rassurée. Allons-y, montrez-moi ce que l'on vous a appris.

Elle passa la première et comme il n'y avait personne sur la route, la seconde puis la troisième.

— Vous n'avez rien oublié ?

Elle vérifia la position du rétroviseur, le clignotant, les mains à dix heures dix. Non, elle n'avait rien oublié.

— Pour quelqu'un qui a peur, dit-il en reprenant sa place, je vous trouve drôlement kamikaze.
— Oh ! ça... je m'en fiche de la ceinture, tant que je suis en ville.
— Allez-y, roulez donc, qu'on la voie un peu cette ville.

Elle respecta les priorités, les piétons, les sens interdits, ralentit devant les dos d'âne, les personnes âgés et les abords des écoles.

D'une voix monocorde, il indiquait la route. Les quartiers se succédaient. La place de la République avec sa statue massive à laquelle un essaim d'ouvriers tentaient, tels des coiffeurs, de refaire une improbable beauté, le boulevard Magenta, encore plus moche avec ses arbres grisâtres qui agitaient mollement leurs bourgeons atrophiés jusqu'à la gare de l'Est dont les abords étaient peuplés d'autobus et de piétons détenteurs d'une carte orange. Hâtifs, fragiles, les piétons.

— Je vois que ce n'est pas si mal, dit Pascal, je m'étais attendu à bien pire.

— Vous me preniez pour une bille ?

— Pas une bille, une débutante. Prenez à droite, nous allons emprunter le périphérique.

Elle se raidit.

— Avancez, ordonna Pascal.

Sa main se posa sur la sienne pour gouverner le levier, il passa en troisième et appuya sur la pédale d'accélération dont il disposait. Quand ils débouchèrent sur le périphérique, il lui dit de ne pas s'inquiéter et de le laisser faire.

— Tournez la tête et indiquez-moi derrière quelle voiture nous pourrions nous faufiler.

— Je ne sais pas... je n'arrive pas à voir, elles vont trop vite.

— Tournez la tête et regardez !

— La bleue, balbutia-t-elle, la bleue qui arrive.

— La Volvo break ? Hum, ce n'est pas un mauvais choix. Regardez, j'ôte mon pied des commandes. Si vous ne maintenez pas la vitesse, vous nous tuez.

— Vous êtes dingue ! cria Bianca.

Mais elle accéléra et dépassa la Volvo.

Il ôta sa main de dessus la sienne, et se rejeta en arrière sur le siège.

— Voilà, dit-il, ce n'était pas bien méchant.

Ils roulaient maintenant en cinquième, le compteur marquait cent dix, il y avait des camions partout. Bianca commandait le véhicule, les mains moites, le front en sueur mais elle le commandait.

— Vous n'avez pas eu de problème ? demanda le directeur martiniquais lorsqu'ils rentrèrent.

— Aucun, dit Pascal, elle n'est pas plus difficile que les autres.

— Parfait. Remarquez, je m'en doutais, dit-il en souriant à Pascal.

Il lui fallait un stage intensif, quatre heures par jour, c'était le seul moyen, assura le moniteur.

Elle arrivait à huit heures, sa bouche sentait encore le dentifrice. Ils partaient s'entraîner en banlieue dans des rues tranquilles où de vieilles femmes sortaient en robe de chambre arroser les bégonias.

Ils s'arrêtaient en chemin pour boire un café et manger un croissant. Pascal lui expliqua un jour que la conduite, ce serait bientôt fini pour lui, qu'il allait rentrer à la "r'tape", c'est-à-dire la RATP, comme agent technique, grâce à son père qui y avait travaillé toute sa vie.

— J'attends les résultats de mon concours, et, si c'est bon, salut ! Vous êtes ma dernière cliente.

— Ça ne vous dit plus rien d'être moniteur ?
— C'est pas ça. Il y a d'autres considérations.
— De quel genre ?
— La sécurité de l'emploi, un boulot peinard, parce que moniteur d'auto-école, c'est pas toujours la joie.
Elle baissa la tête sur son croissant.
— J'ai dit pas toujours. Parfois on tombe sur des gens sympas. En plus, poursuivit-il, à la R'tape, j'aurais pas à m'en faire pour l'avenir, je cotiserai pour la retraite, ça m'évitera d'être pris au dépourvu.
Bianca contempla ses yeux verts et ses cheveux châtains.
— Ça vous préoccupe déjà la retraite ?
— Pas vraiment, mais il vaut mieux que ce soit une affaire réglée, comme ça on peut s'intéresser à autre chose.
— A quoi par exemple ?
Il se renfrogna et regarda fixement vers le comptoir.
— Je ne sais pas, des choses qui nous tiennent à cœur. Mais ça a l'air de vous étonner ?
— Non, ce qui m'étonne c'est que vous pensiez à votre retraite maintenant.
— Et vous, vous pensez à quoi ?
Elle haussa les épaules.
— Vous voyez ! En attendant, faut que vous l'ayez ce permis, après vous pourrez discuter.
Ils se levèrent et payèrent les cafés. Le patron qui les avait pris pour un jeune couple les salua d'un au revoir messieurs-dames qu'ils laissèrent sans réponse.

Un matin, ils débouchèrent sur une nationale pluvieuse, bordée de platanes. Des kilomètres de chaussée presque déserte.

— Allez-y, lui dit-il.

La chaussée était humide, mais la route s'ouvrait, large et droite sous un ciel cotonneux.

— Allez-y, répéta-t-il, à fond les ballons !

Elle lança la voiture, à cent dix, puis cent vingt, cent trente, au mépris de la limitation de vitesse. Epouvantée, la chaussée fuyait devant le capot, et les platanes devinrent striures. Aux commandes de la Super 5, Bianca traversait des portions de paysage. Le temps avait éclaté comme une vitre usée qu'une main impatiente aurait poussée d'un geste trop brusque. Le vent leur fouettait le visage.

— A fond les ballons ! répéta Bianca en se tournant vers Pascal.

— Vous voyez, suffit de ne pas avoir peur.

— Peur ? Moi ? vous plaisantez.

Le vent tournoyait dans la voiture.

— Il ne faut jamais désespérer de rien, lui dit-il d'un ton docte, en retenant ses cheveux.

— Vous avez raison.

— Remarquez, c'est de justesse, vu qu'aujourd'hui c'est la dernière leçon.

— De justesse, vous l'avez dit, fit Bianca en fermant la fenêtre.

Ils roulèrent longtemps sans rencontrer d'autres véhicules. Il ne pleuvait plus et un soleil prometteur perçait à travers la couche de nuages. La Super 5 fonçait sur la route déserte, bordée de terres paisibles qui n'attendaient que l'étincelle du printemps pour s'enflammer de couleurs.

Le soir, devant l'auto-école, elle le remercia pour ce qu'il lui avait appris.

— C'est mon métier, dit-il.

— J'en ai connu d'autres dont c'était le métier.

— Oui, mais eux, ils n'avaient pas le talent, répondit-il en riant.

— C'est sûr, fit Bianca.

Ils se serrèrent la main un peu maladroitement.

— Tenez, dit Pascal, on devrait se faire la bise. Ça ne vous gêne pas ?

Ils s'embrassèrent sur les joues.

— A fond les ballons ! dit Pascal en s'éloignant de sa démarche mesurée de futur agent technique de la RATP. Souvenez-vous-en !

Elle eut envie d'ajouter : Vous aussi !

Le jour de l'examen, l'inspecteur serra la main de Pascal en arrivant et s'assit à côté de Bianca. Elle était calme et démarra. Dans le rétroviseur, le regard de Pascal croisa le sien.

— Hum, hum ! toussota-t-il.

Elle ne comprit pas immédiatement.

— Il est gentil votre moniteur, mais il me semble que vous oubliez quelque chose, dit l'inspecteur.

Elle boucla sa ceinture.

Hormis cette bévue, Bianca conduisit à la perfection, exécuta un créneau, deux démarrages en côte et roula à cent trente sur l'autoroute sans trembler. De temps à autre, elle regardait dans le rétroviseur où Pascal semblait articuler de muets encouragements.

Les jours rallongèrent, la poussière devint plus lourde avec la fin du printemps. On mangeait aux terrasses dans le 10ᵉ arrondissement où le vin n'était pas formidable mais où le jour s'attardait jusqu'à onze heures. Bianca était retournée chercher son dossier à l'auto-école. Le directeur l'avait félicitée en lui souhaitant "bon succès", pas pour le permis, elle l'avait déjà, non, pour sa vie en général. Il n'avait pas revu Pascal.

— Aucune nouvelle depuis qu'il est à la RATP, dit-il. Un moniteur pareil, c'est bien dommage.

Bianca n'eut jamais aucune appréhension en s'élançant dans Paris à bord de sa voiture d'occasion. Quand un type ne respectait pas les priorités, elle ouvrait la vitre et le traitait de connard, le coude nonchalamment appuyé sur la portière. Il faisait beau, elle roulait vite en regardant les magasins et les gens, les panneaux publicitaires placés à hauteur des yeux du conducteur, le va-et-vient industrieux des rues. Aux feux rouges, elle ajustait le rétro, secouait le levier de vitesse au point mort avant de foncer avec les autres jusqu'au prochain arrêt.

Elle décida un jour de sortir de Paris et patienta dans les embouteillages du boulevard Ornano. Devant la voie d'accès du périphérique, elle embraya pour pousser sa voiture, mais une force mystérieuse arrêta son geste. Des coups de klaxon fusèrent à l'arrière. Bianca examinait la pente bitumée de la voie d'accès pendant que des types sortaient la tête de leurs voitures et gesticulaient en hurlant. Elle orienta la voiture sur la gauche pour dégager le passage, puis, résolument, fit demi-tour en laissant le périphérique dans son dos.

TABLE

Le chat	11
Le buffet	37
En attendant Isabelle	57
Conte de Noël	89
A fond les ballons !	105

ACTES SUD
Extrait du catalogue

ROMANS, NOUVELLES ET RÉCITS

Textes français

Olympia Alberti
RIVE DE BRONZE, RIVE DE PERLE

René Allio et Jean Jourdheuil
UN MÉDECIN DES LUMIÈRES

Bernard Assiniwi
LA SAGA DES BÉOTHUKS

Jacques Audiberti
LA FIN DU MONDE et autres récits

Roland Ausset
LE ROMAN D'ABOUKIR

Baptiste-Marrey
SMS OU L'AUTOMNE D'UNE PASSION
LES PAPIERS DE WALTER JONAS
ELVIRA
L'ATELIER DE PETER LOEWEN
LES SEPT ÎLES DE LA MÉLANCOLIE

Christiane Baroche
UN SOIR, J'INVENTERAI LE SOIR et autres nouvelles
PLAISIRS AMERS

Jean-Claude Barreau
OUBLIER JÉRUSALEM

Henry Bauchau
ŒDIPE SUR LA ROUTE
DIOTIME ET LES LIONS
ANTIGONE

Gisèle Bienne
RÉMUZOR

Vincent Borel
UN RUBAN NOIR

Julien Burgonde
ICARE ET LA FLÛTE ENCHANTÉE

Jérôme Camilly
L'OMBRE DE L'ÎLE

Muriel Cerf
LE VERROU
OGRES

Georges-Olivier Châteaureynaud
LE GOÛT DE L'OMBRE

Jean-Paul Chavent
VIOLET OU LE NOUVEAU MONDE

Annie Cohen
L'HOMME AU COSTUME BLANC
LE MARABOUT DE BLIDA

Ilan Duran Cohen
CHRONIQUE ALICIENNE

Andrée Corbiau
FARINELLI, IL CASTRATO

Alexis Curvers
LE MONASTÈRE DES DEUX SAINTS JEAN

Anne-Marie C. Damamme
UN PARFUM DE TABAC BLOND

Yves Delange
EUDORA
LE CONCERT A KYOTO

Michèle Delaunay
L'AMBIGUÏTÉ EST LE DERNIER PLAISIR

Yves-William Delzenne
UN AMOUR DE FIN DU MONDE
LE SOURIRE D'ISABELLA

François Depatie
MAGDA LA RIVIÈRE

Sébastien Doubinsky
LES VIES PARALLÈLES DE NICOLAÏ BAKHMALTOV
LA NAISSANCE DE LA TÉLÉVISION SELON LE BOUDDHA
FRAGMENTS D'UNE RÉVOLUTION

Ilan Duran Cohen
CHRONIQUE ALICIENNE

Jean Duvignaud
DIS, L'EMPEREUR, QU'AS-TU FAIT DE L'OISEAU ?
LE SINGE PATRIOTE

Alice Ferney
LE VENTRE DE LA FÉE

Alain Ferry
LE DEVOIR DE RÉDACTION

Ivo Fleischmann
HISTOIRE DE JEAN

Pierre Furlan
L'INVASION DES NUAGES PÂLES
LES DENTS DE LAIT DU DRAGON
LA TENTATION AMÉRICAINE

Didier-Georges Gabily
PHYSIOLOGIE D'UN ACCOUPLEMENT
COUVRE-FEUX

Paul Gadenne
BALEINE
BAL A ESPELETTE
SCÈNES DANS LE CHÂTEAU

Marie-Josèphe Guers
LA FEMME INACHEVÉE

Michèle Hénin
UN TABLIER ROUGE

Armand Hoog
LE PASSAGE DE MILIUS
LA FABULANTE
VICTOR HUGO CHEZ VICTORIA

Nancy Huston
CANTIQUE DES PLAINES
LA VIREVOLTE

Catherine Jarrett
BILLET D'OMBRE

Raymond Jean
UN FANTASME DE BELLA B. et autres récits
LA LECTRICE
TRANSPORTS
LE ROI DE L'ORDURE
MADEMOISELLE BOVARY
LES PERPLEXITÉS DU JUGE DOUGLAS
L'ATTACHÉE
LA CAFETIÈRE
LE DESSUS ET LE DESSOUS ou L'ÉROTIQUE DE MIRABEAU

Jean Joubert
UNE EMBELLIE

Jean Kéhayan
NASTIA

Vénus Khoury-Ghata
LA MAESTRA

Simonne Lacouture
LA MORT DE PHARAON

Françoise Lefèvre
LE PETIT PRINCE CANNIBALE
BLANCHE, C'EST MOI
LA GROSSE

Guy Lesire
GODOT NE VIENDRA PAS

Madeleine Ley
LE GRAND FEU

Armand Meffre
CEUX QUI NE DANSENT PAS SONT PRIÉS D'ÉVACUER LA PISTE

Prosper Mérimée
CARMEN

Yves Navarre
LA VILLE ATLANTIQUE

Francine Noël
NOUS AVONS TOUS DÉCOUVERT L'AMÉRIQUE

Hubert Nyssen
ÉLÉONORE A DRESDE
LA FEMME DU BOTANISTE

Rose-Marie Pagnard
LA PÉRIODE FERNÁNDEZ

Agnès Pavy
QUITTER SAINTE-CATHERINE

Brigitte Peskine
LE VENTRILOQUE

Juliette Peyret
HÔTEL DE LA RECONNAISSANCE

René Pons
AU JARDIN DES DÉLICES
ET PEUT-ÊTRE SUFFIT-IL DE...
LE CHEVALIER IMMOBILE
L'HOMME SÉPARÉ

Jacques Poulin
LE VIEUX CHAGRIN

Vladimir Pozner
LES BRUMES DE SAN FRANCISCO
LE MORS AUX DENTS
LE FOND DES ORMES
CUISINE BOURGEOISE

Claude Pujade-Renaud
LES ENFANTS DES AUTRES et autres nouvelles
UN SI JOLI PETIT LIVRE et autres nouvelles
VOUS ÊTES TOUTE SEULE ? et autres nouvelles
LA CHATIÈRE et autres nouvelles
BELLE MÈRE
LA NUIT LA NEIGE
LE SAS DE L'ABSENCE

Anne Rabinovitch
LES ÉTANGS DE VILLE-D'AVRAY
POUR BUDAPEST IL EST ENCORE TEMPS

Jean Renaud
LES MOLÉCULES AMOUREUSES

Jean Reverzy
LE SOUFFLE

Fanny Reybaud
MADEMOISELLE DE MALEPEIRE

Dominique Reznikoff
JUDAS ISCARIOTE

Rezvani
L'ÉNIGME
FOUS D'ÉCHECS

Guy Rohou
LE NAUFRAGÉ DE SAINT-LOUIS
MER BELLE A PEU AGITÉE
LA GUERRE IMMOBILE
HÉLÈNE

Norbert Rouland
LES LAURIERS DE CENDRE
SOLEILS BARBARES

André-Louis Rouquier
AWA
LA PEUR DU NOIR

Laurent Sagalovitsch
DADE CITY

Catherine de Saint-Phalle
N'ÉCARTEZ PAS LA BRUME !
MOBY

Irène Schavelzon
LA FIN DES CHOSES
CONFESSION DE MARIE VIGILANCE

Lotte Schwarz
LES MORTS DE JOHANNES et autres récits

Brigitte Smadja
LE JAUNE EST SA COULEUR

Frédéric Jacques Temple
L'ENCLOS
LA ROUTE DE SAN ROMANO

Michel Tremblay
LA NUIT DES PRINCES CHARMANTS
QUARANTE-QUATRE MINUTES, QUARANTE-QUATRE SECONDES
UN OBJET DE BEAUTÉ

Vercors
LES MOTS

Anne Walter
LES RELATIONS D'INCERTITUDE
TROISIÈME DIMANCHE DU TEMPS ORDINAIRE
MONSIEUR R.
RUMEURS DU SOIR
LA NUIT COUTUMIÈRE
LE CŒUR CONTINU
LE PETIT LIVRE AVALÉ
L'HERBE NE POUSSE PAS SUR LES MOTS
L'INACHEVÉ

Jean-Gabriel Zufferey
SUZANNE, QUELQUEFOIS

UN ENDROIT OÙ ALLER

Charles Bertin
LA PETITE DAME EN SON JARDIN DE BRUGES

Brassaï
HISTOIRE DE MARIE

Michel Butor
STRAVINSKI AU PIANO

Miriam Champigny-Cohen
LE LIVRE DE MON PÈRE
suivi de LES LETTRES DE MA MÈRE

Jean-Louis Cornille
LA HAINE DES LETTRES

Rosie Delpuech
INSOMNIA

Assia Djebar
ORAN, LANGUE MORTE
LES NUITS DE STRASBOURG

Alice Ferney
L'ÉLÉGANCE DES VEUVES
GRÂCE ET DÉNUEMENT

Claire Fourier
MÉTRO CIEL suivi de VAGUE CONJUGALE

Anne-Marie Garat
L'AMOUR DE LOIN

Comte de Gobineau
MADEMOISELLE IRNOIS

Françoise de Gruson
BASSES BRANCHES

Nancy Huston
INSTRUMENTS DES TÉNÈBRES

François-Bernard Michel
JUDITH

Fabienne Pasquet
L'OMBRE DE BAUDELAIRE

Eric Rohmer
DE MOZART EN BEETHOVEN

André-Louis Rouquier
LA NUIT DE L'OUBLI

André Sarcq
LA GUENILLE

Anne Walter
LA LEÇON D'ÉCRITURE

OUVRAGE RÉALISÉ
PAR L'ATELIER GRAPHIQUE ACTES SUD
REPRODUIT ET ACHEVÉ D'IMPRIMER
EN JANVIER 1998
PAR L'IMPRIMERIE FLOCH
A MAYENNE
SUR PAPIER DES
PAPETERIES DE JEAND'HEURS
POUR LE COMPTE DES ÉDITIONS
ACTES SUD
LE MÉJAN
PLACE NINA-BERBEROVA
13200 ARLES

DÉPÔT LÉGAL
1ʳᵉ ÉDITION : FÉVRIER 1998
N° impr. : 42905.
(Imprimé en France)